Frau mit Waffe

Ulrike Edschmid

Frau mit Waffe

Zwei Geschichten
aus terroristischen Zeiten

Büchergilde Gutenberg

Lizenzausgabe für die Büchergilde Gutenberg,
Frankfurt am Main und Wien,
mit freundlicher Genehmigung
der Rowohlt · Berlin Verlag GmbH, Berlin

Lektorat Katharina Raabe
Umschlaggestaltung Susanne Will, Stuttgart
Satz aus der Janson und Frutiger bei Libro, Kriftel
Druck und Bindung Clausen & Bosse, Leck
Printed in Germany 1997
ISBN 3 7632 4630 4

Für S. E.

Vorbemerkung

Die beiden biographischen Erzählungen folgen dem Leben von Katharina de Fries und Astrid Proll. Beide Frauen wurden in der Öffentlichkeit mit dem Begriff ‹Terroristin› gebrandmarkt. Begriffe aber vernichten die Geschichte des einzelnen Menschen.

Nach langen, viele Wochen dauernden Gesprächen mit beiden Frauen habe ich die Texte geschrieben. Sie tragen den Blick der Zeitgenossenschaft und der Freundschaft. Jeder andere Mensch – auch die Befragten selbst – hätte eine andere Geschichte geschrieben.

Das Buch entstand in Erinnerung an Philip W. Sauber, den Gefährten jener Jahre, der die Zeit nicht überlebt hat.

La Retrouvaille

Sie würde mit dem Zug fahren. Würde am Fenster stehen, während der Zug langsam in die Stadt hineinfährt, über Wannsee, Nikolassee, Charlottenburg, nun schon dicht an den Häusern vorbei. Kurz vor dem Savignyplatz überquert er die Wielandstraße, wo ich vielleicht in diesem Augenblick vom Tisch hochschauen würde, weil ich immer dem Zug nachblicke, der durch den Ausschnitt meines Fensters fährt. Aber ich würde es ja nicht wissen. Niemand würde es wissen. Noch immer wäre der Bahnhof Zoo die Station, an der für sie alle Züge enden. Sie würde aussteigen und ein Taxi nehmen, sich am Landwehrkanal vorbeifahren lassen, über die Brücke, an der Rosa Luxemburg starb, dann weiter zum Gleisdreieck, von dort zum Paul-Lincke-Ufer zu der kleinen Weinstube, wo ihr Vater, wenn er sie besuchte, seinen Wein trank. Eine Weile würde sie dort sitzen und später die U-Bahn zum Bayerischen Platz nehmen, die Bozener Straße entlanggehen, an dem Haus vorbei, in dem Gottfried Benn bis zu seinem Tod gewohnt hat, vorbei an den Läden mit den beiden Friseuren, wenn es sie noch gibt. Mit dem alten Aufzug würde sie in den dritten Stock fahren und klingeln. Vielleicht würde A. ihr die Tür öffnen, und während sein fassungsloser Blick sie in die Vergangenheit trägt, würde sie ihn in die Arme nehmen.

Am Anfang der Versuch, Balance zu halten. Ein Zaun an der Fliederhecke, oben ein schmales Eisenband, darunter das Gitter, Streben mit Stacheldraht zur Straße hin. Sie rutscht ab, stürzt in den Draht. Oder die Mauer an der Kläranlage. Unter dem rechten Fuß ein braunes, stinkendes Becken. Sie wollte etwas Gefährliches tun – auf den Huttenturm steigen, auf den Zinnen entlanglaufen und den Schwindel genießen beim Blick in die Tiefe. Sie sprang vom Dreimeterbrett, obwohl sie unter Wasser kein Gleichgewicht halten konnte und nicht wußte, wo oben und unten war, sie wollte spüren, wie es ist, durch die Luft zu fliegen und auf dem Wasser aufzuschlagen. Im Herbst, auf dem Kalten Markt, wenn der Seiltänzer sie auf den Rücken nahm und mit ihr über das Seil lief, war es wie ein Rausch, ein Schwebezustand zwischen Himmel und Erde, wie später der erste Zug an der Zigarette am Morgen, von der ihr schwindlig wurde.

Sie liebte ihren Vater, es gab niemanden, der ihn nicht liebte. Er war ein Held und gegen die Nazis. Nachts konnte sie nicht schlafen, weil die Großmutter weinte, «... und dann haben sie ihn festgeschnallt und ihm heißes Öl in den Mund gegossen ...» Das darf nicht sein, dachte sie, nicht er. Immer wenn vom Vater gesprochen wurde, weinte die Großmutter, sie wußte, er lebte gefährlich, was er tat, gefährdete die Familie, sie war dagegen. Dennoch war es gut, was er tat.

Die Mutter war Kommunistin. Während der Vater jegliche Partei ablehnte, lebte die Mutter dafür. In der Erinnerung hält die Mutter die kleine Schwester im Arm und gibt ihr die Brust. Den Rest, den sie ihr hätte geben können, läßt sie in den Spülstein laufen. Die Mutter war alles, was sie nicht sein wollte. Dabei ist es geblieben.

Der Vater war Ingenieur, seine Lust am Erfinden trieb ihn von einem Ort zum anderen, von einer Stelle zur nächsten. Er war ständig unterwegs, ständig abwesend; anwesend nur in seiner Liebe. Das seltene Zusammensein mit ihm war von einem Zauber umgeben, den sie ihr ganzes Leben lang mit ihm verband.

Strahlend und elegant, ein städtischer Mann mit Hut und Trenchcoat, kam er durchs Gartentor, einen Stoß Bücher im Gepäck. Die Geschichten, die er ihr erzählte, waren keine Märchen, wie die vom Großvater in der Dämmerstunde, es waren Geschichten, die er selbst erlebt hatte: vom bösen Feldhüter, der den Holzsammlerinnen im Wald unter die Röcke griff und dafür an einen Baum gebunden wurde, Geschichten vom nächtlichen Plakatekleben und Wegrennen vor den Gendarmen.

Alles wurde zum Abenteuer, wenn er dabei war – der Weg in der Morgendämmerung von Gelnhausen nach Büdingen, die Lichtung, in der sie ein Picknick auspackten, der Duft des Waldbodens, das Licht, das durch die Zweige fiel. Er war ein zärtlicher Vater, der immer eine Atmosphäre von Heiterkeit um sich verbreitete. Er konnte alles teilen. Aus wenigen Dingen machte er ein Fest. Er spielte auf dem Klavier, ohne eine Note zu kennen, und hatte die Fähigkeit, glücklich zu sein, ohne sentimental zu werden. Wenn sie als Kind traurig war, ging sie in den Wald – das hatte sie von ihm.

Als sie drei Jahre alt war, gingen ihre Eltern zusammen fort. Mit ihrer jüngeren Schwester wurde sie zu den Großeltern gebracht. Der Vater ging offiziell als Ingenieur nach Spanien, um in einer Flugzeugfirma zu arbeiten; diese Arbeit gab er jedoch bald auf und schloß sich den Anarchisten an, für die er in Barcelona einen Nachrichtendienst in die Berge einrichtete. Die Mutter ging zu den Kommunisten. Beide kamen sie 1938 zurück, vor dem Stichtag, an dem Hitlers Amnestie für die Spanienkämpfer endete. Aber ihr Vater wurde bereits beobachtet; es war bekanntgeworden, was er in Spanien getan hatte.

Der Spanische Bürgerkrieg hat ihre Eltern endgültig getrennt. Die Mutter brachte noch ein Kind zur Welt, ihre jüngste Schwester, die sie heimlich in den Wald schob und irgendwo stehenließ, weil sie sie nicht wollte. Eines Tages setzte der Vater seine drei Töchter in ein schwarzes, viereckiges Auto, schnallte die Koffer hintendrauf, und ohne sich von der Mutter zu verabschieden, fuhr er mit ihnen zurück nach Gelnhausen zu den Großeltern.

Die Mutter tauchte unter. Sie nahm einen falschen Namen an und arbeitete in einer Munitionsfabrik in Dresden. Später studierte sie und wurde Schuldirektorin in Rostock.

Es dauerte Jahre, bis sie sich wiedersahen, damals lebte sie schon mit ihrem Mann am Niederrhein. Eines Nachts ließ sich eine Frau vor ihrem Haus absetzen und stellte sich als ihre Mutter vor, die Kontakt zu einer illegalen kommunistischen Gruppe in Westdeutschland hatte. Am nächsten Morgen war sie wieder verschwunden.

Der Großvater war Beamter im Landratsamt und hatte herausgefunden, daß er vom Schinderhannes abstammte; die Großmutter kam aus einer Handwerkerfamilie, deren Vorfahren Hugenotten waren. Der Bruder der Großmutter, Adolf Miersch, war im Konzentrationslager gewesen und wurde nach dem Krieg Stadtbaurat der Sozialdemokraten in Frankfurt, wo eine Siedlung nach ihm benannt ist. Seine Tochter war aus Angst eine hohe Funktionärin bei den Nazis geworden und sicherte die Familie nach außen hin ab. Die Großmutter sagte: «Wenn die den Posten nicht hätte, würden wir alle erschossen.» Der Begriff Nazi bekam eine widersprüchliche Bedeutung: Die Nazis waren die Bösen, die die Macht hatten und denen die Guten wie ihr Vater entgegenstanden. Durch ihre Tante, die nach außen hin zu den Bösen gehörte, aber nach innen eine von den Guten war, wurde «Nazi» auch ein Tarnbegriff, und oft war nicht gleich auszumachen, wer wohin gehörte. Die Großmutter kaufte ihr eine Jacke und einen viel zu großen Rock und schickte sie zu den Jungmädeln. Dort mußte sie ihre Fingernägel und Schuhe kontrollieren lassen, was sie über alles verabscheute. Der Marschtritt, das Antreten und Liedersingen mit erhobener Hand, all das empfand sie als dermaßen erniedrigend und beschämend, daß sie sich umdrehte, um es nicht mit ansehen zu müssen. Doch die Großmutter bestand darauf, daß sie sich so verhielt wie alle anderen und nicht aus der Reihe tanzte. Sie war aber bereits außer der Reihe geboren, sie kam gar nicht mehr hinein.

Die Großmutter bot ihr den Schutz, den sie brauchte. Sie war da, wenn wieder ein Liebesverhältnis des Vaters zerbrach, wenn er seine Stelle verlor oder mit einer Erfindung Schiffbruch erlitt. Ihr Garten war der sichere Ort ihrer Kindheit, dort richtete sie sich ein. Sie schleppte Bretter in einen verwilderten Winkel, deckte ein Spitzentuch über die Kiste, legte einen Apfel darauf, zog einen Ast in ihr Haus und band ihn an der Stelle fest, wo sie ihn haben wollte, schuf Hintergründe und Vordergründe und setzte ihre Puppe, die nur noch einen halben Kopf hatte, hinein und nähte ihr einen Hut. In den Garten ihrer Großeltern kehrte sie immer wieder zurück, von überall her, wo ihr Vater sein Glück versucht hatte und gescheitert war. Der Großvater war im Kirchenvorstand und vertrat die Moral. Als in der Schule ein Junge, der aus einer armen Familie kam und schon mehrmals sitzengeblieben war, mit dem Rohrstock geschlagen werden sollte, schickte der Lehrer sie ins Lehrerzimmer, um den Stock zu holen. Der dünnste sollte es sein, weil der am meisten weh tat. Doch sie lief nach Hause, lief den ganzen Weg zum Haus der Großeltern am Stadtrand. Der Großvater nahm sie an die Hand und machte sich mit ihr auf den Weg zurück zur Schule. Als sie in die Klasse kamen, stellte er sich mit ihr vor den Lehrer und sagte: «Wenn Sie noch ein einziges Mal ein Kind mit dem Rohrstock schlagen, werde ich dafür sorgen, daß Sie gehen müssen.» Er stand wie ein Fels und hielt ihre Hand. Darauf konnte sie bauen.

Jeden Freitag, wenn bei den Großeltern geputzt wurde, ging sie zu den Eltern der Mutter, wo ihre beiden Schwestern lebten. Die

Großmutter mütterlicherseits war Krankenschwester, ihr Mann Direktor der Gelnhausener Post. Als einer der ersten war er in die Nationalsozialistische Partei eingetreten und nach einem Jahr mit großem Eklat wieder ausgetreten. Er schimpfte auf die Nazis, war aber auch gegen die Juden, auf die er mit seinen beiden besten Freunden schimpfte, die Juden waren. Als während des Krieges eine kleine Brandbombe auf seinen Hühnerstall fiel, schimpfte er auch auf die Amerikaner: «Die Verbrecher, die schrecken ja nicht davor zurück, die Hühner zu bombardieren.» Dieser Großvater schimpfte auf alles, am meisten auf das frühe Aufstehen. Als er pensioniert wurde, beschloß er, tagsüber zu schlafen und nachts wach zu bleiben. Um fünf Uhr nachmittags stand er auf, kleidete sich sorgfältig an und ging mit seinen Enkelinnen um Mitternacht Eis essen.

Alle Frauen ihres Vaters sind an den Töchtern gescheitert, bis auf die letzte, die durchhielt, die ihr Vater heiratete und die er nur um ein Jahr überlebte. Ihr Vater hatte nach seiner Rückkehr aus Spanien den sogenannten Stern-Dreieck-Schalter erfunden. Klöckner kaufte das Patent und bot ihrem Vater eine feste Stelle an. Als die Organisation Todt alle kriegswichtigen Industrien übernahm, gehörte auch Klöckner dazu, und ihr Vater wurde nicht eingezogen. Ein älterer Freund, der dort eine hohe Position innehatte, hielt, solange es möglich war, die Hand über ihn. Beide sabotierten die Organisation Todt, so gut sie konnten. Aber ihr Vater wurde verhaftet, und der Freund brachte sich um. Als ihr Vater dessen Tochter zur Frau nahm, bat er seine drei Kinder, sie anzunehmen, er liebe sie. Mein Vater hat kein Gefühl für Frauen, dachte sie damals, auf der Suche nach einer Mutter für seine Töchter fällt er naiv auf sie herein – man muß es ihm nachsehen. Seine Frauen waren schön, zierlich, klug und labil. Erst kurz vor ihrem Tod, als sie zum erstenmal mit ihrer Stiefmutter sprechen konnte, war sie bereit zu verstehen, daß es nicht leicht war, mit einem Mann wie ihrem Vater zwanzig Jahre lang zu leben – einem Mann, der nie seine Arbeit behielt und alles Geld in seine Erfindungen steckte, den eine feuchte Wohnung nicht kümmerte, der es unnötig fand, Miete zu zahlen, der alles, was das praktische Leben betraf, seiner Frau überließ, die von seinen Töchtern abgelehnt wurde, während sie ihn vergötterten.

Die Stiefmutter war eine harte Frau. Mit der gleichen Kraft und Brutalität, mit der sie die jüngere Schwester schlug, bis ihr das Blut aus der Nase lief, rettete sie der jüngsten Schwester das Leben – in einer dieser Nächte, in denen man schon im Trainingsanzug ins Bett ging, um dann aus dem Schlaf gerissen zu werden, den gepackten Rucksack zu greifen und in den Bunker zu rennen. Die Stiefmutter hielt die jüngste Schwester an der Hand. In die Menschenschlange, die vor dem Bunker wartete, fiel eine Bombe. Alles schrie und drängte hinein, und auf den Treppen, die hinunterführten, wurde die kleine Schwester von der Stiefmutter getrennt. Ohne zu zögern, schlug sie der Nächstnachdrängenden mit einer großen Taschenlampe auf den Kopf, und in den Bruchteilen von Sekunden, die die Menge brauchte, um über die Zusammengebrochene hinwegzutrampeln, griff die Stiefmutter die kleine Schwester, die sonst zertreten worden wäre.

1944 wurde der Vater in Aachen von der Gestapo abgeholt. Nach dem letzten großen Bombenangriff hatte er seine drei Töchter mit einem Schild um den Hals in einen Güterzug gesetzt, der auf dem Weg nach Gelnhausen zu den Großeltern von Tieffliegern beschossen wurde. Wieder hörte sie lange Zeit nichts von ihm, erst als die Stiefmutter kam und der Großmutter, obwohl sich beide nicht leiden konnten, weinend um den Hals fiel, ahnte sie, daß etwas geschehen war. Aus den Satzfetzen, die sie nachts durch die Türritzen hörte, versuchte sie, Bruchstücke zusammenzufügen. Sie hatten ihrem Vater mit einem Hammer die Finger gebrochen und ihn in einen Käfig gesperrt, in dem er weder sitzen noch liegen, noch stehen konnte. Sie ging zu ihren Freunden, den Jungen aus der Obdachlosensiedlung, die an der Kinzig Fische fingen, und vertraute sich ihnen an: «Dafür müssen sie bezahlen, die Schweine», sagten sie. Aber sie sagten auch: «Da kommt er lebend nicht raus.» Vielleicht war dies die einzige wirkliche Qual in ihrer Kindheit, daß sie nie etwas wußte, daß sie immer nur ahnte und Angst hatte. Später hat sie darauf bestanden, daß ihre Kinder immer wußten, was sie tat.

Der Vater hatte französische Kriegsgefangene, die während der Angriffe nachts in den Betrieben angekettet wurden, losgeschlossen und in den Bunker geholt. Eines Nachts waren vier der Gefangenen geflohen. Zwei wurden wieder festgenommen und beim Verhör gefoltert, bis sie den Namen des Vaters preisgaben. Sie setzte ihre Lieblingspuppe an einem geheimen Platz im Garten aus. «Lieber Gott», sagte sie, «du kannst sie behalten, wenn du machst, daß mein Vater wiederkommt.» Sie sah, wie die Puppe bei Regen und Schnee zerfiel, ihr Körper platzte, die Holzwolle quoll heraus, und es blieb von ihr nur ein Häufchen. Sie wollte von Gott Gerechtigkeit, keine Wunder. Daß man den Vater bestrafte für das, was er getan hatte, war nicht direkt ungerecht, denn es war ja klar, daß die Nazis sich rächen würden. Dafür machte sie Gott nicht verantwortlich. Nur zurückkommen mußte er.

Der Krieg war zu Ende. Bettücher wurden gehißt, die Hakenkreuze verschwanden. Doch auch die Amerikaner, die schon die Hühner des Großvaters bombardiert hatten, brachten keine neue Gerechtigkeit. Großmutter, Stiefmutter und Tante kochten Kannen voll Tee, die sie zu den Lastwagen schleppten, wo sie die ausgemergelten Gestalten nach dem Vater ausfragten. Er war in ein Strafbataillon gekommen, hatte aber fliehen können und sollte sich jetzt in amerikanischer Gefangenschaft befinden, im berüchtigten Lager

Kreuznach, wo es nichts zu essen gab. Mit zwei anderen Gefangenen grub er einen Tunnel unter dem Stacheldraht. Auf der Flucht erschlugen sie einen Ochsen mit einem Hammer, sie schlugen immer auf die gleiche Stelle ein, bis das Tier umfiel. Dann schnitten sie ihm die Kehle durch und trennten mit einem Taschenmesser Stücke aus ihm heraus, die sie brieten. Der Vater war lange unterwegs, aber eines Tages, als sie allein im Garten war, hörte sie, wie sich die Gartenpforte auftat und ein bärtiger, zerlumpter Mann hereinkam und leise ihren Namen rief. Nur an seinen Bewegungen, daran, wie er auf sie zukam, erkannte sie, daß es ihr Vater war. Er sprach nicht über die Gestapo – «Kind, laß uns von etwas anderem reden» –, aber er sprach lange und oft darüber, wozu der Mensch auf der Welt sei. Die Großmutter sagte: «Jetzt haben sie dich bald totgeprügelt, und du verlangst gar nichts und tust nicht einmal ein bißchen was für die Familie.» Ihr Vater wollte nicht entschädigt werden für etwas, was er als selbstverständlich empfand. Er war gegen alles, gegen die Wiedergutmachung, gegen den Marshallplan und gegen die Abhängigkeit von den Amerikanern. «Das bezahlen wir eines Tages mit Soldaten», sagte er. Und er behielt recht.

Jetzt taten sich Abgründe auf. Aus den Konzentrationslagern kamen Menschen, die überlebt hatten, und niemand wollte etwas mit ihnen zu tun haben. Man wollte die Verbrechen nicht wahrhaben, deren Zeitzeuge man gewesen war. Und so wurde das Leid zum Makel und die Wunde zum Stigma. In den alten Schweineställen, in denen früher russische Kriegsgefangene gehaust hatten, lebte ein alter Mann, von dem es hieß, er sei Fälscher. Sie klopfte an und kam in ein Zimmer, das er sich in den Ställen eingerichtet hatte und in dem er Zeichnungen von äußerster Präzision anfertigte. Er hatte für Juden Pässe gefälscht und war im Konzentrationslager gewesen. Eines Tages, als sie ihn wiedersehen wollte, war er tot. In einer Zeitung las sie Aufzeichnungen von Überlebenden aus den Lagern.

Sie las Wolfgang Borchert und Heinrich Böll, und sie sah den Film «Im Westen nichts Neues». Sie las Bücher über die Greuel, die die Engländer in Indien angerichtet hatten, darüber, was sich die Litauer gegenseitig angetan hatten, und über das, was nicht erst heute zwischen Serben und Kroaten geschieht. Sie beschäftigte sich mit den Grausamkeiten, zu denen Menschen fähig waren, und war überzeugt davon, daß sie der Vergangenheit angehörten. Aber ihr Vater blieb skeptisch. Nur was die persönliche Zukunft anbetraf, so war er, in Verkennung der Gegenwart, von einem grenzenlosen Optimismus, gegen den sie auch in den besten Zeiten mißtrauisch blieb.

Er machte sich daran, eine Existenz aufzubauen, und gründete mit einem der beiden Gefangenen aus dem Lager Kreuznach eine Firma in Gevelsberg, die eine seiner Erfindungen herstellte. Die Familie zog in eine Art Halle, die früher eine kleine Fabrik gewesen war. Die Decken waren fünf Meter hoch, die Böden eiskalt, die Wände feucht. Die Firma arbeitete mit Blechen, was ihren Vater dazu anregte, Tische, Bettgestelle, Stühle und Regale von seinen Arbeitern aus Blech herstellen zu lassen. Weil er ein Faß schwarze Ölfarbe hatte organisieren können, wurde alles schwarz gestrichen. In den riesigen hohen Räumen standen schwarze Möbel. Der Elektroherd erzeugte Induktionsstrom, der sich in der feuchten Wohnung auf sämtliche Möbel übertrug. Zum Sitzen legte man sich vorsichtig ein Kissen unter, um den Stuhl nicht zu berühren. Bevor man nach Messer und Gabel griff, wurde der Teller auf eine Zeitung gestellt. Ab und zu gellte ein Aufschrei durch die Halle, wenn einer die Vorsichtsmaßregeln außer acht gelassen hatte. Als der Kompagnon mit zwei Erfindungen des Vaters in die Schweiz verschwand und fünfzigtausend Mark Schulden hinterließ, ging die Firma in Konkurs, und der Vater mußte vierzig Meter hohe Überlandmasten streichen, um die Schulden abzutragen. Wieder luden sie bei Nacht und Nebel Tisch und Bett auf einen Lastwagen und fanden sich bei den Großeltern in Gelnhausen wieder, wo sie das sichere und geregelte Leben auffing.

Nach dieser letzten Rückkehr zu den Großeltern beschloß sie, ihre Stiefmutter umzubringen. Sie war elf Jahre alt, und die Auseinandersetzungen waren ausweglos geworden. Auch die Großmutter haßte die Stiefmutter, alle haßten sie. Der Vater stand dazwischen. Die kleinste Schwester machte das Bett naß und wurde dafür von der Stiefmutter geschlagen. Wochenlang lief sie mit Rattengift in der Tasche herum. Im Keller probierte sie es aus. Als sie eine Ratte mit offenem Mund und hochgezogener Lippe fand, schämte sie sich, daß sie dieses Tier umgebracht hatte.

Zu Beginn des Winters, als sie gar nicht mehr weiterwußte, nahm sie ihre kleine Schwester mit an die Kinzig. Sie hielt sie an der Hand. Die kleine Schwester zitterte vor Kälte und weinte. Sie sagte: «Es dauert nur einen Moment, und dann ist es vorbei.» Als sie tiefer ins Wasser ging, wurde ihr klar, daß die Schwester ja viel kleiner war und vor ihr mit dem Kopf unter Wasser sein würde. Es sei denn, sie nähme sie auf den Arm. Sie versuchte, die kleine Schwester aus dem Wasser zu ziehen und hochzuheben. Dabei rutschte sie aus, und nur mit äußerster Mühe kamen beide wieder ans Ufer.

Als der Vater kurze Zeit später eine neue Arbeit fand, zogen sie wieder von den Großeltern fort. Aber sie hatte beschlossen, per Anhalter zu ihnen zurückzufahren. Als sie die Autobahn nicht fand, versteckte sie sich im Wald und aß, was sie dort finden konnte. Von einem Baum aus sah sie Männer vorbeilaufen, die sie suchten. Am zweiten Tag hörte sie den Vater, der ihren Namen rief. Da kletterte sie vom Baum herunter und ging mit nach Hause. Über die Stiefmutter konnte sie mit ihm nicht sprechen. Er beschützte seine Frau, und sie fühlte sich von ihm verraten. Aber das lastete sie ihr an, nicht ihm.

Die alten Lehrer am Gymnasium waren zur Entnazifizierung in die Wälder geschickt worden und fällten Bäume. Die Lehrer, die sie jetzt unterrichteten, setzten sich mit der Vergangenheit auseinander. Der Lateinlehrer hatte sich als Soldat in Jugoslawien einer Widerstandsgruppe angeschlossen. Der Deutschlehrer ging in der Klasse auf und ab und las Gedichte von Heine vor. Es herrschte atemlose Stille im Klassenzimmer, denn alle wußten, wovon er sprach, wenn er «Deutschland. Ein Wintermärchen» rezitierte. Zum ersten Mal fühlte sie sich unter Gleichaltrigen nicht allein. Man traf sich nach der Schule im Park, tauschte Bücher aus und diskutierte – bis kurze Zeit später die alten Nazis aus den Wäldern zurückkamen.

Es gab nichts zu essen. Während der Vater mit seinen Erfindungen beschäftigt war, tauschte die Stiefmutter alles, was nur irgend brauchbar war, in Zigaretten um und kochte Steckrüben, die anbrannten. Nach der Schule zog sie im Gefolge ihrer kleinen Schwester los, um Nahrung aufzutreiben. Es war nicht wie heute, wo die Armen die Mülltonnen durchwühlen können. Die Menschen warfen nichts weg, man mußte es sich nehmen, es war damals gefährlicher, ein Hühnerei zu stehlen, als heute, eine Bank auszurauben. Sie lernte Wald, Wiesen und Felder nach etwas Eßbarem abzusuchen, nach wildem Klee, Lärchenspitzen und Kornähren, die sie mit Schlüsseln auf Steinen zerrieb. Sie hatte immer Bauchschmerzen. Als es nicht mehr zu übersehen war, daß die jüngste Schwester eine schwere Rachitis bekam, begann ihr Vater, elektrische Geräte zu bauen, die er gegen ein Faß Salzheringe eintauschte. Morgens, mittags und abends wurde ihnen ein Hering ohne Brot auf den Teller gelegt. Zuerst verschlang sie den Hering, aber nach einer Weile wäre sie lieber verhungert, als noch einen zu essen. Schließlich wurde die Schulspeisung eingeführt, ein Brei, der nach Kakao schmeckte. Sie schleppte, soviel sie konnte, nach Hause und ernährte ihre beiden kleinen Schwestern damit.

Die Stiefmutter versuchte, dem Vater das Erfinden zu verbieten, aber in den Kellern von Freunden machte er heimlich weiter. Die häuslichen Auseinandersetzungen brachten ihn schließlich dazu, sich für kurze Zeit von seiner Frau zu trennen. Die kleinen Geschwister wurden bei den Großeltern untergebracht. Sie selbst blieb bei ihm. «Hör zu», sagte er, «ich kann jetzt nicht mehr für dich sorgen.» «Das macht nichts, das schaffe ich schon alleine», sagte sie und ging nachmittags und abends zu den Amerikanern. Sie paßte auf die Babys auf, wusch die Wagen, spänte Parkett ab. Abends, wenn es bei den Amerikanern spät geworden war, holte sie der Vater mit dem Motorrad ab. Sie hielt nicht nur sich über Wasser, sondern auch ihn, organisierte den Haushalt, verdiente Geld und kaufte davon ein Radio. Der Beweis, dachte sie, daß sie keine Stiefmutter brauchte, sei mit diesem Radio erbracht. Aber er kehrte zu ihr zurück, und zum ersten Mal in ihrem Leben sah sie, wie schwach der Vater war.

Der Haß auf ihre Mütter prägte ihr Verhältnis zu sich selbst. Von Kindheit an hatte sie sich nur dann lieben und akzeptieren können, wenn sie sich aus ihrem eigenen Willen heraus bewegen konnte, losgelöst war von dem Schicksal, Frau zu sein. Nicht daß sie lieber ein Junge gewesen wäre, aber sie wollte sich Jungen gegenüber als die Person, die sie war, behaupten können. Das führte dazu, daß sie ein sehr eigenwilliges Verhältnis zu Kleidern entwickelte. Wenn ihre Großeltern sie im ordentlichen Kleid aus dem Haus schickten, zog sie sich an ihrem Geheimplatz um, wo sie eine alte amerikanische Militärjacke aus den Südstaaten versteckt hatte, die aus einem Carepaket stammte und ihr viel zu groß war. Aber sie trug nichts anderes, im Sommer wie im Winter.

Sie ist immer dünn und klein gewesen, sie hatte keinen Busen, und noch mit achtzehn mußte sie einen Ausweis an der Kinokasse zeigen, obwohl sie schon verheiratet war. Sie träumte von den weißhäutigen, üppigen Frauen bei Balzac und beneidete die Frauen auf den Fahrrädern, die mit fülligem Hintern auf den Sätteln saßen. Sie dachte: «Ach, wäre ich doch nur wie sie.» So wie sie sich selbst kaum wahrnahm, hatte sie auch das Gefühl, von anderen nicht wahrgenommen zu werden. Sie war hingerissen, wenn ein Junge sich in sie verliebte. Er konnte sein, wie er wollte, wenn er sich ihr zuwandte, war er auserwählt. Der erste Junge aber, dem ihre Blicke galten, hatte schwarze Locken und gehörte zum fahrenden Volk. Auf der Kirmes bremste er mit seinem dicken Freund, der ein Glasauge hatte, die Schiffschaukel und sammelte das Geld für die Autoscooter ein. Jeden Tag nach der Schule stand sie am Rand und schaute ihm zu, wenn er von Auto zu Auto sprang. Eines Tages luden die beiden sie zu einer Freifahrt ein. Es war aber gar nicht der Schwarzlockige, der um sie warb, sondern der Dicke mit dem Glasauge. Sie war so überwältigt davon, daß sie den schönen Schwarzlockigen vergaß und mit dem Glasäugigen Kaninchenfutter sammeln ging. Als die Kirmes vorüber war und abgebaut wurde, brachte er ihr zum Abschied einen Kuchen, den sie langsam und allein in einem Schuppen aß, bis sie auf etwas Hartes biß. Es war ein Ring, den er ihr hineingebacken hatte.

Seit einiger Zeit ging sie nachmittags zu einem Fotografen, verdiente sich etwas Geld in seinem Labor und überlegte, ob sie von der Schule abgehen und eine Lehre anfangen sollte. Aber dann brachte der Vater, der inzwischen auf einer riesigen Baustelle der Amerikaner arbeitete, einen jungen Bauingenieur mit nach Hause, der ihr in Briefen und geflüsterten Worten mitteilte, daß er sie liebe. Sie war siebzehn Jahre alt, er war zwanzig und zum ersten Mal von zu Hause fort. In seinem weiten Anzug erschien er ihr zugleich wie ein erwachsener Mann und ein aus dem Nest gefallener Vogel. Er war von überströmender Lebensfreude – außer bei der Liebe. Bei der Liebe zog eine merkwürdige Feierlichkeit auf, und sie kam sich vor wie in der Kirche. Mühsam verwandelte sie das, was sie erlebte, in Glück. In den Büchern, die sie damals las, schien die Liebe leicht. Aber in ihr Leben kam sie als ein fast tragisches Ereignis.

Als sie die Familie ihres Verlobten zum erstenmal im Ruhrgebiet besuchte, wollte sie besonders schön sein. Er war vorausgefahren, sie kam mit dem Zug nach. Bei den Amerikanern hatte sie sich ein straßbesticktes grünes Abendkleid gekauft, das sie im Zug anzog. Dazu trug sie dunkelgrüne Samtpantöffelchen. Als sie in Abendkleid und Pantöffelchen aus dem Zug stieg, platzte der Karton, in den sie ihre anderen Sachen hineingestopft hatte. Unterwäsche, Schlafanzug – alles fiel ihrem Verlobten und seiner versteinerten Familie vor die Füße.

Sie brach die Schule ab. Ihr Verlobter wurde von seiner Firma ins Ruhrgebiet geschickt. Sie fuhren im Firmenauto. «Du wirst staunen», sagte er, «was ich vorbereitet habe.» Sie kamen auf die Baustelle. Es war Frühling und noch hell. Ihr Verlobter öffnete die Tür eines Wohnwagens. Im vorderen Teil war ein Büro eingerichtet, dann kam ein Vorhang, dahinter an jeder Seite drei Betten übereinander. Die beiden obersten waren ihre. Ein Lohnbuchhalter zeigte ihr, wie man in einem großen Buch die Stunden aufschrieb. Jetzt war sie Lohnbuchhalterin einer Großbaustelle.

In der freien Zeit fand sie ein möbliertes Zimmer in einer Bergarbeitersiedlung. Sie aß den ganzen Tag Schokolade und Kuchen. Die Zimmerwirtin sah, daß sie jeden Morgen auf die Toilette ging, um sich zu erbrechen, und schickte sie zum Arzt. Der Arzt stellte fest, daß sie im vierten Monat schwanger war. Sie heirateten, und sie beschloß, ein Nest für das Kind zu bauen, wenn sie auch nicht wußte, wie. In den Familien der Bergarbeiter war alles heil, warm und schön, überall dieselben Wohnzimmer, dieselben Schlafzimmer, überall wurde zur gleichen Zeit geputzt, stand das Essen zur gleichen Zeit auf dem Tisch, gingen die Männer zur gleichen Zeit zur Schicht, freitags gab es Geld, und Samstag abend gingen sie in Pantoffeln ins Kino. Alles war geordnet, nirgends Unsicherheiten. In dieser Siedlung suchte sie eine Wohnung, die sie genau so einrichten wollte, wie sie es bei den anderen sah. Bei einem Vertreter an der Haustür bestellte sie ein eichenes Schlafzimmer auf Raten, zwei Betten, einen Schrank, eine Frisierkommode, abzuzahlen in zehn Jahren. Sie hatte es aus einem Katalog ausgesucht. Es stand für die unverrückbare Ordnung, nach der sie sich sehnte.

Als das Kind kam, brauchte sie einen Halt, der fester war als ihr Gefühl. Verzweifelt bemühte sie sich, von Wilma, ihrer Schwiegermutter, angenommen zu werden. Wilma hatte eine Bäckerei mit in die Ehe gebracht. Wenn sie am Wochenende zu den Schwiegereltern fuhr, wischte sie das Treppenhaus, über das sich ein klebriger Schleier aus Ruß und Mehlstaub gelegt hatte. Sie wischte mit klarem Wasser so lange, bis alles glänzte. Ihr Schwiegervater war streng, aber sie mochte ihn. Er sah, wie sie sich abmühte, um den Ansprüchen der Schwiegermutter zu genügen, und half ihr stillschweigend. Er war Hüttenmeister und arbeitete an einem Hochofen, in den er kurz vor der Geburt ihres zweiten Kindes hineinstürzte. In seinen Sarg hatte man statt seiner einen Stein gelegt, an den sie unentwegt denken mußte, während sie hochschwanger am Grab stand.

In dem Haus lebte eine Tante, die unter der Zwangsvorstellung litt, daß sie kleine Kinder umbringe. Niemand durfte wissen, daß sie einmal abgetrieben hatte und danach unfruchtbar war. Diese Tante wollte sie von ihrem Alptraum erlösen und besprach den Fall mit ihrem Hausarzt. Sie beschlossen, einen Versuch zu machen, und überzeugten die Tante, daß alles, was sie im Schlaf sagte, die Wahrheit sei. Während der Arzt sie in einen Tiefschlaf versetzte, wurden Fragen nach den angeblichen Kindesmorden formuliert und Antworten dazugeschrieben, die man ihr nach dem Aufwachen zeigte. Es war ein Betrug, aber für kurze Zeit schien die Tante von ihrer Wahnidee befreit.

Wenn es ein Problem gibt, dachte sie, kann ich es lösen. So wie sie als Kind versucht hatte, den schwachsinnigen Sohn des Bäckers in Gelnhausen durch Liebe zu heilen. Er wird normal, dachte sie, wenn ich mit ihm spiele. Dann war sie mit ihrem Vater fortgezogen, und als sie wieder zurückkehrte, war der Junge nicht mehr da. Er sei in ein Heim gekommen, hieß es. Aber in Wahrheit hatten ihn die Nazis abgeholt.

Niemand hatte ihr erklärt, wie eine Geburt vor sich geht. Die Ratschläge, die sie bekam, stammten von den Bergarbeiterfrauen. Wenn es soweit sei, sagten die Bergarbeiterfrauen, müsse sie sich an den Bettpfosten festklammern. Eines Abends bekam sie starke Schmerzen, die wiederkehrten. Das sind die Wehen, sagte die Wirtin, und ihr Mann rief die Feuerwehr. Der Weg zum Krankenhaus schien endlos, die Schmerzen waren unerträglich. Der Kreißsaal war voll von Frauen, die durch Vorhänge voneinander getrennt waren. Sie lag hinter einem Vorhang und schrie. Der Arzt kam und sagte, es sei noch nicht soweit. Die Hebamme sagte, sie sei hier nicht die einzige und solle aufhören zu schreien. Dann ließ man sie allein. Sie dachte, daß sie sterben würde, und schrie: «Gottverdammt, ich will kein Kind!» Aber der Arzt steckte seinen Kopf durch den Vorhang und sagte: «Wenn Sie Gotteslästerung begehen, müssen Sie unser Krankenhaus verlassen.» Niemand sah, daß sie eigentlich nicht in der Lage war, dieses Kind auf die Welt zu bringen. Es war zu groß. Eine junge Krankenschwester, die es nicht mehr mit ansehen konnte, stellte ihr eine Flasche Äther neben das Bett. Wenn sie es gar nicht mehr aushielte, flüsterte sie ihr zu, solle sie den Stöpsel aufmachen und tief einatmen. So überstand sie die erste Nacht. Es wurden drei Tage und vier Nächte, in denen sie alles rückgängig machen wollte. «Gut», schrie sie, «dann sterbe ich eben, aber das Kind bekomme ich nicht!» Die Frauen hinter den Vorhängen gaben manchmal ein Stöhnen von sich, dann war Stille. Sie sind alle tot, dachte sie und schrie: «Ich bin in einem Leichenhaus, hier werden Frauen umgebracht.» Das Kind hatte sich gedreht, aber es kam nicht. Am dritten Tag sprachen die Ärzte von Kaiserschnitt. Ihr Mann hatte etwas unterschrieben, aber er erschien nicht. In der vierten Nacht gegen Morgen wurde der Sohn geboren. Sie liebte ihn vom ersten Augenblick an. Er hatte bei seiner Geburt genauso gekämpft wie sie. Sie waren Verbündete. Er wog zwölf Pfund. Das dicke Kind hatte sie innerlich so verletzt, daß sie ein Jahr lang in ärztlicher Behandlung war. Sie hatte mehrere Blutstürze, konnte nicht laufen, und ihr Mann trug sie, als sie aus der Klinik kam, die Treppe hoch. Draußen war es bitter kalt. Das Kind hatte einen Nabelbruch und mußte ins Krankenhaus. Sie machte sich auf den Weg, um ihm die Milch zu bringen, die sie abgepumpt hatte. Als sie aus dem Bus stieg, brach sie vor Schmerzen zusammen und sank in den Schnee. Man brachte sie ins Krankenhaus. Die Galle war voller Steine. Sie bekam eine Spritze, die Schmerzen ließen nach, und sie stahl sich davon, um dem Kind die Milch zu bringen.

Ihr Mann war auf eine andere Baustelle versetzt worden und schickte einen Lastwagen. Sie saß mit dem Kind im Führerhaus. Sie fuhren an den Niederrhein. Wenn die Frauen bei der Säuglingsfürsorge ihr dickes Kind sahen, fuhren sie erschrocken zurück und lobten den Kinderwagen. Sie bewohnten jetzt eine Wohnung mit zwei Zimmern, Küche und Bad in einem alten Haus, das von einem Park umgeben war. Die Miete war billig, weil sie die Koksheizung versorgte und den Park in Ordnung hielt. Ihre erste Freundin war Lieschen, die Tochter des Dorfpolizisten, die jedes Jahr ein Kind bekam. Das letzte war am gleichen Tag wie ihr Sohn geboren. «Der Johann braucht nur die Hose an mein Bett zu hängen», sagte Lieschen, «und schon bin ich schwanger.» Sie konnte nicht lesen und nicht schreiben, aber ihr Sohn sprach mit eineinhalb Jahren, während ihr eigener Sohn schwieg, bis er drei war.

Zwischen ihren Vorstellungen und der Außenwelt spürte sie eine tiefe Kluft; sie sah es als ihr Versagen an, daß sie keine Brücke schlagen konnte zwischen den inneren Bildern und diesem Leben, in dem sie sich zurechtfinden mußte. Sie versuchte, sich stärker an die Wirklichkeit anzupassen, aber die Hindernisse auf dem Weg zum Glück waren zu groß. Abend für Abend saß sie am Fenster und wartete auf ihren Mann, der sich unten am Weg in einer Kneipe betrank. Sie sah, wie sich die Lichtkegel von Scheinwerfern dem Haus näherten, hoffte für einen kurzen Augenblick, in dem noch nichts entschieden war, daß sie einschwenken würden in die Einfahrt, die zum Haus führte, und alles wäre gut. Jeder Scheinwerfer verhieß einen Neubeginn und eine Möglichkeit, die sogleich wieder dahin war. Nachts stieg sie in den Heizungskeller, räumte die Schlacke aus und legte eine neue Schicht Koks auf. Es war dunkel und roch nach Moder und Schwefel. Sie fürchtete sich. Die Nächte am Fenster wurden zur Qual. Die vergeblichen Schwüre gegen Morgen, wenn ihr Mann ins Bad torkelte und schluchzte: «Morgen komme ich ganz bestimmt» – dieser sich jede Nacht wiederholende Jammer machte sie innerlich krank. Tagsüber lebte sie in einer Welt von Büchern, in die sie sich seit ihrer Kindheit stets zurückziehen konnte. Wenn sie von dort in die wirkliche Welt kam, in die Nächte, die sie am Fenster saß, hatte sie keine Worte.

Eines Nachts nahm sie das Luftgewehr und machte sich in der Dunkelheit auf den Weg zur Kneipe. Als sie die Tür aufstieß und das Gewehr anlegte, warfen sich alle Männer, die an der Theke saßen, zu Boden. Nur ihr Mann nicht. Er starrte sie an und blieb versteinert auf dem Barhocker sitzen. Die Kugel traf seinen Arm, er schrie auf, und alle kümmerten sich um ihn. Sie drehte sich um und ging mit dem Gewehr den Weg zurück und weinte. Dann setzte sie sich wieder ans Fenster und sah die Autos kommen. Sie brachten ihn nach Hause. Er wollte alles ändern. Sie saß an seinem Bett und versuchte zu verstehen, warum er so war. Aber sie verstand es nicht. Sie fühlte sich unendlich allein. Seinen Nächten und ihrer Tat – beidem haftete etwas Verwahrlostes, Dumpfes, Auswegloses an. Sie spürte, daß sie in ihrer Einsamkeit keine Lösung finden würde und daß ihre Tat der Versuch gewesen war, sich einen Ausweg zu schaffen. Das Dumpfe daran machte sie betroffen. Nicht er war durch den Schuß verletzt worden, sondern sie. Ihr Vater kam, und noch einmal wurde alles leicht. Es sei gar nicht wichtig, sagte er, mit welchem Mann sie verheiratet sei, wichtig sei nur, daß er sie liebe. Dafür müsse sie dankbar sein, denn es sei selten, daß einem jemand Liebe entgegenbringe. Dieses Glück müsse sie lernen zu leben. Es gab ein kurzes Aufatmen. Ihr Mann kam abends nach Hause. Aber nicht er hatte sich verändert, sondern sie.

Sie lernte einen Fotografen kennen, der gerade ein Farblabor eingerichtet hatte. Er gab ihr Bewerbungsunterlagen für eine Schule in Essen, die der Folkwang-Schule angegliedert war. Unter der Voraussetzung, daß sie sich dort einschreiben und Kurse in Fotografie belegen würde, stellte der Fotograf sie ein. Sie fand ein junges Mädchen aus dem Ort, das auf ihren Sohn aufpaßte, und fuhr zweimal in der Woche nach Essen. In der Schule unterrichtete Will McBride, der sich seine Schüler aussuchte und sie in eine seiner Klassen aufnahm. In der Zeit, die ihr noch blieb, arbeitete sie bei dem Fotografen, um das Kindermädchen zu bezahlen. Manchmal schaffte sie es nicht, rechtzeitig zurück zu sein. Dann war das Kindermädchen schon gegangen und hatte das Kind zu den Nachbarn gebracht. Eines Tages sah sie, daß die Nachbarn ihr Kind, so klein und dick wie es war, in seinem Mäntelchen wie ein Schaf an einen

Baum gebunden hatten; ihr Mann hatte davon gewußt. Sie gab Schule und Arbeit wieder auf – es war bewiesen, daß es nicht ging.

Sie versuchte, sich von der Enttäuschung abzulenken. Ihr Mann trat in die Sozialdemokratische Partei ein, wurde in den Gemeinderat gewählt und stieg zum Geschäftsführer der Baufirma auf. Sie bekamen eine größere Wohnung, kauften neue Möbel und hatten eine Putzfrau. Sie begann Werbetexte für die Partei zu schreiben und verdrängte ihre Niederlage. Damals erlebte sie die erste richtige Frauenfreundschaft ihres Lebens. Ihre Freundin war mit einem Studienfreund ihres Mannes verheiratet, der sich gegenüber ihrer Wohnung ein Haus baute. Kaum hatte der Mann morgens das Haus verlassen, lief sie hinüber und saß mit ihrer Freundin am Tisch, sie redeten über Bücher und tranken Kaffee. Im Ort eröffnete ein Buchladen, und sie begann sämtliche amerikanischen Autoren zu lesen, von William Faulkner bis Henry Miller und Jack Kerouac. Eine neue Welt tat sich auf, in die sie sich aus der behäbigen Kleinstadtatmosphäre davonstahl.

Die Zeit verging. Ihr Sohn war vier Jahre alt, und sie wurde wieder schwanger. Sie freute sich auf das Kind, sah es als Zeichen für einen Neubeginn. Wir sind erwachsen geworden, dachte sie, wir haben noch eine Chance. Sie liebte ihren Mann noch immer.

Diesmal wollte sie das Kind zu Hause bekommen. Wieder war es schrecklich, aber es dauerte nur eine Nacht. In den Morgenstunden hielt sie ein wunderschönes Baby im Arm. Ihre Tochter wuchs heran und wurde ein hübsches, großäugiges Mädchen, für das sie eine zerbrechliche, fast traurige Zärtlichkeit empfand. Wenn es weinte und sich an sie klammerte, versuchte sie das Kind durch immer mehr Zärtlichkeit so zu sättigen, daß es nicht mehr weinen mußte. Aber es gelang ihr nicht. Sie empfand es als Mißbildung in sich selbst, als einen Mangel, der sie quälte, sie dachte, daß sie für ihre Tochter die falsche Mutter sei.

Nachdem sie sich die Zustimmung ihres Mannes erkämpft hatte, schrieb sie sich wieder in die Klasse von Will McBride ein. Da wurde ihr das Gerücht zugetragen, daß ihr Mann nicht nur mit der Putzfrau, sondern auch mit der Frau ihres Fahrlehrers und der Frau des Tierarztes ein Verhältnis hatte. Sie mochte nicht glauben, daß der Mann, der morgens und abends mit ihr schlafen wollte, der unter Schwüren beteuerte, niemals eine andere Frau lieben zu können, sie betrog – bis sie es sah. Sie hatten ihre Tochter zur Schwiegermutter gebracht und fuhren mit dem Sohn in die Ferien. Der Zeltplatz lag in einem alten Weinberg zwischen Genua und Nizza. Eines Tages tauchte die Sekretärin ihres Mannes mit ihrem Ehemann auf. Immer häufiger ging ihr Mann allein aus, und sie blieb bei dem Sohn im Zelt. Eines Abends nahm sie den zweiten Autoschlüssel und versteckte sich, halb im Scherz, halb weil sie es wissen wollte, auf der Rückbank des Autos und wartete. Er stieg ein, die Sekretärin folgte, ohne ihren Ehemann. Die beiden umarmten sich und fuhren langsam die Küste entlang. Dann hielten sie an einem Tanzlokal und stiegen aus. Sie kletterte nach vorn, fuhr zum Zeltplatz zurück, baute das Zelt ab, legte den schlafenden Sohn in den Wagen, nahm alles Geld, was sie dabeihatten, und ließ nur den Paß ihres Mannes auf dem Platz liegen, wo das Zelt gestanden hatte. Sie fuhr zwei Tage, nachts schlief sie mit dem Kind im Auto. Ein paar Tage später stand ihr Mann mit wilden Augen vor der Tür. Sie war so kalt, wie sie es noch nie gewesen war, und plötzlich wurde er ganz klein und war ihr zuwider. Er kämpfte nicht mit ihr, er unterwarf sich. Es waren nicht so sehr die Frauengeschichten, die sie ihm nicht verzeihen konnte – sie konnte die Scheinheiligkeit und Verlogenheit nicht mehr ertragen, die ihn umgab. Nicht nur zwischen ihr und ihm war Lüge; alles um sie herum schien ihr verdorben, und es verdarb auch sie selbst. Sie hatten keine Katastrophe erlebt, an der sie hätten wachsen können. Was Klarheit hätte schaffen können, wurde zum abgenutzten Ritual erniedrigt.

Wenn er zum unzähligen Mal wiederholte: «Jetzt wird alles anders», fühlte sie nur noch, daß alles in ihr tot war. Sie sah nichts mehr vor sich. Ihr Leben wurde zu kleinen Kieseln zerrieben, die täglich weniger Kanten hatten. Die Langeweile nahm ihr alle Kraft für einen Neubeginn.

In dieser Zeit verliebte sie sich in einen jungen Offizier der Handelsmarine. Sie liebten sich im Wald, und er erzählte ihr von all den Orten auf der Welt, an denen er schon gewesen war. Als er zu seinem Schiff zurückkehrte, stand sie auf dem Bahnsteig und winkte, bis der Zug in der Ferne verschwand. Diese Liebe behielt sie für sich, weil sie wußte, was ihr Mann daraus machen würde. Er wäre zusammengebrochen, hätte den betrogenen Ehemann gespielt und würde sich nicht von ihr trennen, sondern diese Liebe benutzen, um sie für immer zu bestrafen. Sie weinte, wenn sie allein war. Sie fühlte, daß keine Weite und keine Hoffnung mehr in ihr Leben kommen würden, wenn sie blieb. Ihr Mann bewarb sich um den Posten des Bürgermeisters und plante, ein Haus zu bauen, ein Eigenheim mit Vorgarten. In diesem Haus würde sie leben und morgens und abends mit ihrem Mann schlafen müssen, ohne daß sie etwas dabei empfand, sie würde die Vorstellung nicht aufgeben, ihn verwandeln zu können, wenn sie nur weiter an ihrem Traum vom Prinzen arbeiten und den Frosch küssen würde, dessen große Augen längst in einem vom Alkohol aufgedunsenen Gesicht verschwunden waren. Sie war wieder schwanger und ging zu einem Frauenarzt. Als sie nach der Narkose aufwachte, lag der Arzt über ihr. Sie schlug um sich und rannte fort. In der Nacht fing sie an zu bluten und kam in die Klinik. Die Gebärmutterwand war verletzt, und sie lag wochenlang mit einer schweren Infektion im Krankenhaus. Ihr Mann saß an ihrem Bett und griff nach ihr. Die Erinnerung an den Gynäkologen verschmolz mit der Gestalt ihres Ehemanns, und sie ekelte sich.

Von ihrem Mann hatte sie kein Kind mehr haben wollen, aber ein kleiner Junge war in ihre Hände geraten, als sie ihre Schwester in Gelnhausen besuchte. Er hatte eine weiße Mutter und einen schwarzen amerikanischen Soldaten zum Vater. Niemand wollte ihn. In seinem kurzen Leben hatte er bereits sechzehn Pflegestellen durchwandert. Manchmal spielte er mit der kleinen Tochter ihrer Schwester. Er war fünf Jahre alt, für sein Alter viel zu klein und hatte einen schweren Herzfehler. Die Leute sagten: «Der wird nicht alt.» Dieser Junge mit den blauen Lippen, den alle längst aufgegeben hatten, rührte sie an. Er stand auf dem obersten Treppenabsatz und stürzte hinter ihr her, als sie sich von ihrer Schwester verabschiedete. Seine Mutter arbeitete als Prostituierte und war einverstanden, daß sie ihn mitnahm. Sie wollte ihn retten wie das schwachsinnige Kind des Bäckers, wie die verwirrte Tante ihres Mannes. Wenn ich mich seiner jetzt nicht annehme, dachte sie, wird er sterben. In Düsseldorf ging sie mit ihm zu einem Herzspezialisten; zuletzt erwies sich Berlin als der einzige Ort, an dem er geheilt werden konnte, und sie ließ ihn auf eine Warteliste setzen. Als er zwölf Jahre alt war, wurde er operiert. Sie durfte ihn lange nicht besuchen. Die Schwester gab ihm ihre Briefe nicht, um kein Heimweh aufkommen zu lassen. So fühlte er sich restlos verlassen, und es sollte immer eine belastete Beziehung bleiben bis zu seinem frühen Tod.

Sie kam aus dem Krankenhaus nach Hause. Am Abend, nachdem sie die Kinder ins Bett gebracht hatte, sagte sie zu ihrem Mann: «Ich will nicht mit dir diskutieren, ich will es dir nur sagen. Ich verzichte auf alles. Ich nehme die Kinder und gehe.» Er stand wortlos auf und verließ die Wohnung. Dann kam er wieder und weinte. Er verstand nicht, daß sie tatsächlich meinte, was sie sagte, für ihn war immer noch alles in Ordnung: Sie hatten Kinder, bauten ein Haus und waren dabei, wohlhabend zu werden; sie hatten Freunde, sie machten Reisen. Es gab keinen Grund, sich zu trennen. Sie mußten nur etwas ändern. Eine Kleinigkeit: «Ich lasse dich arbeiten gehen.» Er begriff nicht, daß es darum nicht mehr ging. Sie wollte nicht mehr mit ihm leben. Das war etwas anderes. Aber sie erinnerte sich auch an die Augenblicke, in denen sie ihrem Mann nah gewesen war. Sie dachte an den Abend in der Mailänder Scala, als Maria Callas sang und er neben ihr saß und ganz leise seufzte. Sie hatte ihre Hand auf die seine gelegt. Er war totenblaß, atmete kaum und schaute mit großen Augen auf die Bühne.

Sie suchte sich ein Zimmer. Als sie nicht mehr zusammenlebten, konnten sie auf einmal miteinander sprechen. Und dann geschah, worauf sie all die Jahre gewartet hatte. Noch einmal schliefen sie miteinander, ein einziges Mal liebten sie sich mit einer Innigkeit, die sie nie zuvor erlebt hatte. Das war der Abschied. Jetzt war sie frei. Vier Tage nachdem sie fortgegangen war, hatte ihr Mann eine neue Frau. Es war nicht sie, die er in den zehn Jahren gemeint hatte, es hätte auch jede andere sein können. Ob sie ihn wirklich geliebt hatte? Sie dachte es einmal, als sie an einem See saßen und sich umschlungen im Wasserspiegel sahen. Es war nur ein Augenblick gewesen, und sie war sich nicht sicher. Zu den Kindern sagte sie: «Sobald ich eine Wohnung gefunden habe, sind wir wieder zusammen.» Sie wollte etwas in der Nähe des neuen Hauses finden, denn die Kinder sollten ihren Vater nicht aufgeben müssen.

Bei einem Industriefotografen in einem Großlabor in Duisburg arbeitete sie als Filterbestimmerin. Abends fuhr sie zum Haus ihres Mannes und brachte die Kinder ins Bett. In einer Mittagspause unterschrieb sie bei einem Anwalt, daß sie auf das ihr zustehende, gemeinsam erwirtschaftete Vermögen sowie auf Unterhalt verzichte. Sie war bereit, schuldig zu sein. Daß die Kinder bei ihr bleiben würden, stand nicht dabei. «Aber das ist ja beschlossene Sache», sagte der Anwalt, «und Ihr Mann wird das vor Gericht bestätigen.» Die Scheidung wurde ausgesprochen. Dann kam die Verhandlung beim Vormundschaftsrichter, der ihrem Mann das Sorgerecht für die gemeinsamen Kinder zusprach, denn eine Frau, die mit einem Federstrich auf das ihr zustehende Vermögen verzichte, sei nicht in der Lage, Kinder zu erziehen. Der kleine Junge, dessen Adoption gerade rechtskräftig geworden war, wurde jedoch ihr zugesprochen, und ihr Mann brachte ihn am nächsten Tag. Ein letztes Mal beschwor er sie, er könne nicht ohne sie leben. Sie fragte: «Gibst du mir die Kinder?» Er sagte: «Kommst du zu mir zurück?» In diesem Augenblick hatte sie ihre Kinder wirklich verlassen, denn sie wäre niemals zurückgekehrt. Anfangs holte sie die Kinder an den Wochenenden, bis ihr zehnjähriger Sohn sagte, daß er nicht mehr kommen dürfe, weil er sonst seine neue Mutter nicht lieben könne. Da zog sie sich zurück. Sie wollte nicht, daß ihre Kinder in eine Entscheidungssituation gedrängt würden, die sie selbst nicht lösen konnten. Ihr Name wurde nicht mehr genannt. Sie war wie ausgelöscht. Die Geschichte ihrer Mutter hatte sie eingeholt.

Manchmal wartete sie vor der Schule und sah ihre Kinder von weitem, wenn sie sich mit den Schulranzen auf dem Rücken auf den Weg nach Hause machten – dann sah sie sie gar nicht mehr und verfolgte ihr Leben verstohlen, wie durch einen Türspalt, auf Bildern, die ihre jüngste Schwester ihr heimlich schickte. Heute weiß sie, daß ihr Sohn Ingenieur geworden ist und einen Staudamm im Iran gebaut hat. Er weiß, wo er sie finden kann, aber vielleicht, denkt sie, würde er genauso verlegen lachen und vor ihr zurückschrecken wie sein Vater. Als sie erfuhr, daß ihre Tochter zwei Kinder geboren hatte, die nicht leben konnten, ertrug sie den Fluch nicht mehr, der sie über Jahrzehnte aus dem Leben ihrer Kinder verbannt hatte, und schrieb ihr. Die Tochter antwortete mit einer Stimme, die sie nicht erkannte, doch sie kam. Die Mutter stand vor ihr, klein und mit unendlicher Angst – die Tochter, eine große blonde Frau, wich zurück, als ihre Mutter sie umarmen wollte.

«Komm», sagte sie, und sie gingen die kleine Straße entlang, die von ihrem Garten zu den Wiesen führte. Die Tochter sagte, daß sie beim Gedanken an ihre Mutter immer etwas wie Verrat empfunden habe, ein Gefühl von Wut und Zorn, aber auch Sehnsucht; daß sie nie gewagt habe, zu ihr zu kommen, und ihr Vater es auch jetzt nicht wissen dürfe. Das Bild, das sich die Tochter von ihrer Mutter gemacht hatte, war das Bild, das der Vater schuf. Sie hätte sich beugen können. Alle sagten es: Du mußt an die Kinder denken. Sie dachte an die Gewalt, mit der sie nach ihrem eigenen Leben gegriffen hatte, und daß sie ihre Kinder schon von Anfang an verlassen hatte, damals, als sie einen Kontrakt unterschrieb, in dem sie sich so leicht betrügen ließ – und daß es nur die Liebe ihres Vaters und die Wärme ihrer Großeltern war, die sie davor bewahrt hatten, so zu werden, wie ihre Tochter sie sah. Vielleicht, dachte sie auf dem Weg durch die Wiesen von Montaigue, vielleicht können wir die Liebe doch noch lernen, vielleicht, wenn wir den ganzen Weg wieder zurückgehen bis zu jenem Augenblick der Trennung, den diese fremde junge Frau, ihre Tochter, so genau in der Erinnerung bewahrt hat.

A. lernte sie auf einem dieser Feste kennen, die ständig gefeiert wurden und auf denen sie sich längst langweilte. Er war Architekt in Duisburg, trug eine runde Brille und eine Fliege. Es war etwas Absurdes, nicht ganz Reales an ihm, wenn er über alles seine leisen, scharfen Bemerkungen machte. Einmal traf sie ihn in einer Buchhandlung, und er las ihr mit halblauter Stimme Verse von Kurt Schwitters vor. Er bezauberte sie mit einer Art des Gesprächs, das, ohne den Wunsch zu profitieren, den Gedanken freien Lauf ließ. Die geschliffene Ironie, mit der er über das nachdachte, was in der Welt geschah, hatte nichts Verbindliches, war nicht absichtsvoll. Er stellte Gedanken in den Raum, ohne Anspruch auf Antwort. Zugleich umgab er sie mit einer unaufdringlichen Verläßlichkeit, die sie nicht kannte. Als sie sich das erste Mal liebten, war ihr Gefühl so heftig, daß sie es kaum ertragen konnte. Es war fast quälend und erinnerte sie an Träume aus der Kindheit, die von einer ähnlich umklammernden Intensität waren, aus der sie nur schwer herausfand. Sie erlebte einen Schmelzprozeß, in dem alles in ihr auf einen winzig kleinen Kern hinfloß. Vieles, was an unklarer Empörung und unklarem Begehren in ihr war, wurde in der Begegnung mit A. deutlich und erkennbar. A. teilte sich die Wohnung seiner Eltern, die früh gestorben waren, mit seiner Großmutter. Im ehemaligen Salon hatte er sich ein karges Zimmer in Schwarz und Weiß eingerichtet. Dieses Zimmer war durch eine Durchreiche mit der Küche verbunden, durch die die Großmutter Beschimpfungen schrie, wenn sie zusammen auf dem großen Bett lagen.

Von Anfang an wollten sie nach Berlin gehen. Aber vorher heirateten sie. Die zehn Jahre, die hinter ihr lagen, waren abgefallen wie ein Stein. Jetzt war sie dreißig und hatte keine Angst vor einer neuen Ehe. Mit A. war es ein Versprechen, etwas Magisches, das sie beide zusammenhielt. Als sie später aus Frankreich ausgewiesen werden sollte, riet man ihr, einen Franzosen zu heiraten. Aber es wäre ihr nie in den Sinn gekommen, sich von A. scheiden zu lassen. Sie hat die Festigkeit dieser Ehe immer gebraucht; all die Jahre war sie der innere Ort, an dem sie lebte, in dem sie sich bewegte, der sie schützte und den sie nie verlassen wollte. Keine ihrer anderen Lieben hat je etwas daran geändert. Auch in den Jahren der Studentenbewegung, als die Ehe so sehr in Mißkredit geriet, daß die meisten daran zerbrachen, bestand sie darauf, daß jeder Mann, der ihr nahekam, wußte, daß er eine verheiratete Frau lieben würde.

Zur Liebe gehörte ein Kind, und jedes Kind war für sie das einzige Kind. Als Isabel drei Monate alt war, bekam A. eine Assistenz am Lehrstuhl für Städtebau an der Technischen Universität, und sie zogen nach Berlin. Es war Sommer 1965. Sie ging in die Vorlesungen von Walter Höllerer, der aussah wie ein Buchhalter und auf nie erlebte Weise die Literatur mit dem Leben verband. Er las über Georg Büchner, las Zeilen aus dem «Hessischen Landboten»: «... dann bückt Euch auf Euren steinigen Äckern ...», las mit seinem fränkischen Akzent, den er nie ablegte. Es fügte sich so viel zusammen in dieser Zeit – die Verse von Wolfgang Neuss, dessen Satire voller Poesie war, die rauschhaften Gedichte von Gottfried Benn, die Textanalysen in den Seminaren zur «Sprache im technischen Zeitalter», wo man begann, die Einflüsse zu analysieren, denen die Menschen täglich ausgesetzt sind, die Vorlesungen von Julius Posener, dem Architekturhistoriker, der wie ein Kathedralenbauer die Linien, den Aufbau, das Innere von Häusern und ihr Atmen beschrieb, die Nächte im «Leierkasten», im «Delirium» und in der «Nulpe», mit den abenteuerlichen und finsteren Gesellen der Kreuzberger Literaturwerkstatt, unter ihnen Peter Paul Zahl, in dessen Zeitschrift «Das Letzte» sie ihren ersten Text veröffentlichte.

Schon in Duisburg hatte sie begonnen, Geschichten zu schreiben, in denen sie von der Fotografie ausging, zum Beispiel über einen Mann, den sie auf einer regennassen Straße laufen sah und der sich in den Pfützen spiegelte. Wenn er aus dem Blickfeld entschwunden war, ging ihre Geschichte weiter. Schreibend mußte sie das Bild nicht einfangen, sondern konnte die Geschichte über den Rand des Bildes hinaus weiterverfolgen. Wenn sie und ihre Kreuzberger Freunde sich gegenseitig ihre Geschichten und Gedichte vorlasen, empfand sie immer häufiger ein Ungenügen. Die Literatur, die für sie immer eine andere Welt gewesen war, in die sie sich mit Lust hineinbegab, schien nicht mehr zuständig zu sein für die Wirklichkeit. Auf viele Fragen, die sie sich stellte, gab es keine Antwort, weil sie die Antwort nur im Handeln sah. Jene Seite in ihr, die nach Taten strebte, lag brach.

Sie sah zu, dachte nach, aber sie tat nichts – bis zu dem Tag, an dem sie mit A., ihrer Tochter und dem adoptierten Sohn am Kurfürstendamm im «Old Vienna» saß und heiße Schokolade trank. Es war der Abend des 2. Juni 1967. Plötzlich war das Café von Polizei umringt, und von weitem hörte man die Massen kommen. A. packte die Kinder und zog sie tiefer ins Café hinein, bevor die Scheiben zersplitterten. Ehe sie sich recht versah, schoß sie hinaus in die Menge und fand sich umgeben von lauter neuen Freunden. Auf einmal war alles so, wie sie es als Kind auf dem Fußballplatz erlebt hatte, wenn einer «Hintermann» schrie. Es bildeten sich Grüppchen, die sich gegenseitig schützten, sie wurde weggezogen, wenn Gefahr drohte, und genau wie alle anderen von einem Gefühl nie gekannter Zusammengehörigkeit und Euphorie ergriffen. Noch wußte sie nicht, daß Benno Ohnesorg an diesem Tag erschossen worden war. Sie wollte es auch nicht glauben, als sie es wußte. Den Tod auf der Straße hatte sie im Krieg erlebt, nach den Phosphorangriffen in Aachen, wenn sie durch die Trümmer nach draußen kroch, die Menschen schreien hörte und Lastwagen voller Leichen sah. Sie hatte Tiefflieger erlebt, die Bomben abwarfen, als sie vor einer Kaserne Rollschuh lief und sich ein Soldat über sie warf, während zu beiden Seiten die Toten lagen. Aber den Tod eines jungen Menschen, der an einem Tag im Juni 1967 in Berlin gegen einen Diktator demonstriert hatte, den konnte sie sich nicht vorstellen. Dieser Tod zog eine Trennlinie. Jetzt gab es ein Wir und ein Ihr. Es war etwas geschehen, was alles verändert hatte. In Sekunden hatte sie eine Entscheidung gefällt, die nicht mehr rückgängig zu machen war.

Die Demonstration gegen den Schah von Persien war ihre erste wirklich kollektive Erfahrung. Sie kam spät in der Nacht nach Hause, trotz der Schrecken berauscht von jener Nähe zu Menschen, die neu war. A. hatte auf sie gewartet, und obwohl er nicht mitgemacht hatte, war es doch ein intensiver gemeinsamer Augenblick gewesen.

Er nahm an allem teil, aber sie wußte, er würde immer Abstand halten. Ohne daß sie darüber gesprochen hatten, war klar, daß er es war, der bei den Kindern blieb. Sie mußte nicht um ihre Freiheit kämpfen, sie hatte sie.

In der ersten Zeit gab es kaum Feinde. Da war die Polizei, die die Demonstranten verprügelte, und ein paar Politiker, die sie Pinscher nannten. Aber im allgemeinen hätte sie die Menschen, die sie traf, alle umarmen können. Halb schwebend, wie im Zustand des Verliebtseins, ging sie durch die Straßen. Alles erschien ihr wie am ersten Tag, wie von Glück überflutet. Sie war stolz. Sie hatte etwas mit anderen gemeinsam getan. Sie war sicher, daß sie auf der richtigen Seite stand. Sie fühlte sich mit allen verbunden, nur wußten es die anderen noch nicht. Auf einmal kamen ihr Menschen nahe, die vorher weit entfernt gewesen waren, alte Menschen, die irgendwann einmal Widerstand geleistet hatten und für die die Jungen jetzt zu Hoffnungsträgern wurden. Sie und ihre neuen Freunde waren keine geschlossene Gesellschaft. Nach den Demonstrationen, die jetzt den Kurfürstendamm belebten, redeten sie sich die Seele aus dem Leib, um sich den Passanten zu erklären. Sie waren frech und zugleich bereit, sich mit allen zu verbünden. Sie teilten ihr Geld. Es gab etwas, was schöner war als der eigene Vorteil. Sich nichts kaufen zu können war kein Verzicht mehr. Man beschaffte sich auf diese oder jene Weise, was man brauchte. Als sie von der großen Vietnam-Demonstration in London nach Berlin zurückkehrten, reichte das Geld nur noch fürs Benzin. Sie gingen in eine Autobahnraststätte und aßen die Reste von den noch nicht abgeräumten Tellern. Die Kellner wollten die Polizei holen, doch da teilte sich der Speisesaal sofort in Feinde und Freunde, und es waren nicht wenige, die noch von ihrem Essen abgeben wollten.

Sie begann Marx und Engels zu studieren und erkannte in deren Schriften die Welt wieder, die sie täglich erfuhr. In der reinen Philosophie hatte sie die Wirklichkeit nie entdecken können. Es war schön gewesen, Descartes zu lesen oder Nietzsche, der es als einen göttlichen Augenblick begreift, wenn ein Frauenzimmer einen Mann auslacht. Aber sie fand in der Philosophie keine Bilder für die Zukunft. Die Marxsche Theorie trug die konkrete Utopie in sich – ohne diesen Gedanken hätte sie nie einen Stein werfen können. Sie hatte immer Grenzen überschritten, aber es waren Grenzen gewesen, die ihre Umgebung ihr setzte. Jetzt ging es um die eigenen Grenzen.

Als sie zum ersten Mal ein Buch stahl, zitterte sie am ganzen Körper. Das Buch steckte unter ihrer Jacke, und sie dachte, sie würde niemals wieder aus dem Laden herauskommen. Es war, als wollte sie sich selbst daran hindern, mit dem gestohlenen Buch davonzugehen, als würde sie mit diesem Schritt einen vertrauten Boden aufgeben, einen Ort, an dem die Ordnung ihrer Großeltern allen Dingen ihren Platz gab. Sie wollte die Angst überwinden, auch die Angst in den Demonstrationen, die bodenlose Angst, wenn die Polizei näher kam und die ersten anfingen zu rennen. Sämtliche Strategien, die sie und ihre Freunde entwickelten, um vorauszusagen, wie die Polizei reagieren würde, all die minutiös auf Tafeln aufgezeigten Fluchtwege bildeten nur die Angst ab, die sie alle auf diese oder jene Weise empfanden. Nichts hätte sie lieber getan, als sich irgendwo zu verkriechen und nie wieder aufzutauchen. Er kam immer wieder, dieser Augenblick, wenn sie sich in einen Hausflur gerettet hatte und dachte: Jetzt lasse ich alle an mir vorbeirennen und schleiche mich nach Hause. Dieser Augenblick der Überwindung aber, in dem sie etwas tat, von dem sie erst hinterher wußte, daß sie es konnte – dieser Augenblick war wie der Aufbruch in ein fremdes Land.

Ostern 1968 fielen die Schüsse auf Rudi Dutschke. Auf der Straße lag sein Schuh. Sie lief in der Mitte des Kurfürstendamms und weinte, sie wich keinem Auto aus, wollte niemandem mehr ausweichen. Vor dem Springer-Hochhaus schüttelte Horst Mahler seinen Regenschirm gegen die Arbeiter und rief: «Ihr müßt uns doch verstehen!» Die Arbeiter sahen von oben auf die Demonstranten herunter und waren bereit, ihnen die Köpfe einzuschlagen.

Eigentlich ist die Zeit, die so stark von der Lust an Aufruhr und Rebellion erfüllt war, nur ganz kurz gewesen. Wenn damals jemand vorausgesagt hätte, daß es nicht dauern würde, was sie jetzt erlebte, hätte sie geantwortet: «Du irrst, bald wird es überall so sein.» Die Zeit zwischen 1967 und 1969 empfand sie als eine Sternstunde. Weder vorher noch nachher sah sie eine vergleichbare Chance, das, was sie dachte – im Bewußtsein der möglichen Irrtümer –, auch zu tun. Die Bewegung der Studenten hatte einen Platz eingenommen, der bis dahin unbesetzt geblieben war. Zwischen West und Ost – zwischen einer Gesellschaft, die das bessere Leben verweigerte, und einer, die es auf später verschob – gab es ein freies Feld, das mit dem Anspruch auf gegenwärtiges Glück erobert wurde. Einen Augenblick lang schien die Welt all denen zu gehören, die jung waren – und doch war das Scheitern in die Anfänge einbeschlossen. Sie spürte es zum ersten Mal, als sie auf Holger Meins traf, der einen Film über einen obdachlosen Lumpensammler drehte. Weil man die Dinge nur erfahren kann, wenn man sie erleidet, hatte Holger Meins für diesen Film im Obdachlosenasyl gelebt und sein Geld und seine Kleider geteilt. Aber er sagte, als der Film beendet war: «Die Läuse fressen mich auf.» Es lag im Wesen dieses Aufbruchs, daß es kein Ankommen geben konnte.

In Vietnam war Krieg. Sie sah das Bild eines Kindes, das weinend auf einem Feld stand. Nie hatte sie ein solches Weinen gesehen. Sie stand auf der Seite des vietnamesischen Volkes, von dem sie nichts wußte, und machte General Giap zu ihrem Helden, weil er für die Kinder Bunker bauen ließ, damit sie auch im Krieg sicher spielen konnten. Ohne Kinder konnte sie sich keine bessere Welt vorstellen. Später konnte sie nicht verstehen, daß Ulrike Meinhof und Gudrun Ensslin ihre Kinder aufgaben und in den Untergrund gingen. Wenn wir nicht in der Lage sind, sagte sie sich, mit unseren Kindern die Welt zu verändern, dann können wir es auch nicht ohne sie. Sie trauerte um ihren Sohn und ihre Tochter, die sie verlassen hatte. Wenn all das, was sie jetzt erlebte, früher geschehen wäre, hätte sie sich nicht von ihnen trennen müssen. Jetzt war sie als Mutter nicht mehr allein. Die Kinder waren Teil eines großen Ganzen, Teil der Vision, von der Rudi Dutschke auf dem Vietnam-Kongreß gesprochen hatte, während die Kinder um ihn herum spielten. An den Kindern wurde die Utopie konkret. Sie war keine unbestimmte ferne Verheißung, die einen zwang, mühsam die Stationen des realen Sozialismus zu durchlaufen. Man wollte das bessere Leben jetzt, nicht irgendwann, und hielt sich an die Propaganda der Tat: Wir tun etwas, und es wird schon seine Wirkung haben. Sie und ihre Freunde mieteten kleine Geschäfte, die leerstanden, weil überall große Supermärkte eröffnet wurden, und gründeten die ersten Berliner Kinderläden. Es sollten keine Aufbewahrungsanstalten sein, sondern Orte, an denen sozialistische Erziehungsmodelle ausprobiert wurden. Abends wurde diskutiert: Freud und Reich, Herbert Marcuse und René Spitz, Anna Freud und Melanie Klein. Aus Psychoanalyse und kritischer Gesellschaftstheorie formten sie das Bild des Kämpfers, dem die Schönheit von Che Guevara Glanz verlieh. In ihrer Vorstellung wurde alles immer klarer: Die Widersprüche würden sich zuspitzen, bis sie eines Tages in einer radikalen Umwälzung kulminierten. Was das hieß, hat sie sich nicht vorgestellt. Revolutionen erschienen ihr als kleine, tägliche Gewinne. Sie wußte noch nicht, welche Falle ein Sieg war.

In den Kinderladensitzungen wurde ein unveröffentlichtes Manuskript von Walter Benjamin diskutiert, das man einem Schüler von Adorno gestohlen hatte. Es wurde als Raubdruck publiziert, gedruckt auf einer kleinen Maschine, die im Kinderladen stand. Zwischen die Texte von Benjamin waren die Protokolle der Diskussionen eingefügt und Seiten frei gelassen worden für die Gedanken der Leser. Dieses kleine Heft, das unter dem Ladentisch in den Buchhandlungen reißenden Absatz fand, sicherte über lange Zeit die Miete des Kinderladens. Nachts schlich sie mit ihren Freunden durch die Stadt, sie hinterließen ihre Zeichen. In der einen Hand den Hammer, in der anderen den Brandsatz, auf der Schulter die Leiter, näherten sie sich den Fenstern der Herrschenden und scheiterten am Panzerglas. Es waren Zeichen eines anarchischen Gerechtigkeitssinns, wobei Gewalt gegen Sachen und Gewalt gegen Menschen strikt unterschieden wurden. Sie erlebte Geschichten von guten Taten, Flucht und Entkommen in letzter Minute, Geschichten, wie sie ihr Vater erzählt hatte und wie auch sie sie später erzählen würde.

Im Winter 1968/69 stand sie noch mit ihrer ganzen Person für das, was sie dachte. Es war nicht losgelöst von dem, was sie tat. Dann kam der Sommer, und viele begannen eine politische Autorität zu suchen, weil das Chaos, das durch die unzähligen verschiedenen Gruppen entstanden war, bedrohlich wurde. Sie fuhren nach Italien und kamen als Marxisten-Leninisten zurück, nachdem sie dort Organisationsformen kennengelernt hatten, in denen sie sich mit den Arbeitern verbünden konnten. Sie selbst war mit ihrer Tochter bei den Familien zu Gast gewesen, die in besetzten Häusern in den Vorstädten von Rom lebten, hatte in ihren Betten geschlafen und mit ihnen an großen Tischen gegessen, die abends in den Innenhöfen der Hochhäuser aufgebaut wurden, wenn man diskutierte, was als nächstes zu tun sei. So kann man weiterkommen, dachte sie.

In Berlin gab es die Kinderläden, verschiedene Frauengruppen, die Basisgruppen in den Stadtteilen, die versuchten, Kontakt zu den

Betrieben herzustellen, und es gab die nachts umherschweifenden Rebellen, die unter der Devise «Es muß immer was laufen» Brandsätze in die Vorgärten von Richtern und Staatsanwälten warfen. Der Vorwurf des Aktionismus hatte sich breitgemacht. Auch sie wollte in etwas eingebunden sein, was umfassender, einheitlicher war und alle Kräfte zusammenschloß; sie trat in eine Partei ein, die sich auf Marx und Engels berief. Ihr Vater, der ihr nach der ersten großen Vietnam-Demonstration ein Telegramm mit den Worten «Venceremos» geschickt hatte, telegrafierte: «Sackgasse. Dein Vater.»

Durch die Arbeit in den Kinderläden mündeten alle Vorstellungen von einer anderen Gesellschaft in der Erziehung. A. hatte die Architektur aufgegeben und war Lehrer geworden, während sie an einem Projekt im Zuchthaus Tegel mitzuarbeiten begann. Strafe sollte nicht mehr als Strafe begriffen werden, sondern als Klärung und Neubeginn. Dennoch befand sie sich in einem Zwiespalt: Einerseits erkannte sie die Justiz als richtende Instanz nicht an; sie verstand sie als Klassenjustiz – ein Apparat, innerhalb dessen sich niemand die Mühe machte, den einzelnen Menschen und seine Geschichte zu sehen. Andererseits war sie in einem offiziell von der Justiz genehmigten Projekt tätig, das von Ärzten und Psychologen initiiert worden war. Zusammen mit einigen Schriftstellerfreunden versuchte sie, eine literarische Gruppe im Zuchthaus Tegel aufzubauen. Sie regten die Gefangenen dazu an, ihre Lebensgeschichten zu erzählen und aufzuschreiben, und publizierten sie in einem Buch. Aber die Männer, denen sie sich freundschaftlich näherten, sehnten sich nach einer Frau. Wenn für mich, dachte sie, der sexuelle Akt ein Akt der Liebe ist und ich mich einem lebenslang Gefangenen nähere, mit dem ich, in einer Bibliothek eingeschlossen, arbeite, wer bin ich dann, daß ich ihm die Nähe, nach der er wirklich verlangt, verweigere? So liebte sie sich mit diesem und jenem Gefangenen zwischen Einschluß und Aufschluß.

In diesen Monaten kam es zwischen A. und ihr zu einer Entfremdung. Sie machte sich nicht klar, daß ihre Liebe zu ihm eine andere war als seine, die auf der Einzigartigkeit ihrer Person beruhte, während ihre an der Begegnung mit den vielen anderen Menschen wuchs. Für sie gehörten die Liebeserlebnisse zu den Freiheiten, die jetzt möglich waren, sie hatten nichts mit den heimlichen Liebschaften in ihrer ersten Ehe zu tun, die aus Unzufriedenheit und Mangel entstanden. Wenn sie sich jetzt verliebte, so war es aus reinem Überfluß. Sie empfand keinen Unterschied zwischen geistiger und körperlicher Nähe. Die Liebe gehörte zum Lebensgefühl, das sie mit vielen verband. Wenn sie mit einem Mann Seite an Seite auf einer Demonstration lief und sie sich schützend aneinanderschmiegten, konnte sie mit ihm das gleiche Gefühl wie in der Liebe teilen. Aber es schmerzte A., und sie betrachtete seinen Schmerz als ein Nichtbegreifen dieser anderen Dimension. Sie verstand nicht, daß sie ihm etwas antat: «Ich kann doch nichts dafür, wenn ich mich verliebe. Das richtet sich doch nicht gegen dich, denn dich werde ich immer lieben.» Aber A. sagte: «Ich kann nur eine Frau lieben.»

Bis dahin kannte sie nur Arrestzellen, in denen sie nach Demonstrationen hin und wieder ein paar Stunden oder eine Nacht verbracht hatte. Jetzt traf sie auf Menschen, die Jahre, wenn nicht ihr ganzes Leben in Gefängnissen eingeschlossen waren. Es war unmöglich, innerhalb dieser Mauern nicht ununterbrochen an Freiheit zu denken. Irgendwann wollten die Gefangenen nicht mehr über ihre Lage und deren Ursache diskutieren. Sie wollten raus. Mancher Gefangene kehrte – wenn Ärzte oder Psychologen einen Ausgang bei den Justizbehörden bewirkt hatten – nicht zurück. Dann mußten Unterkünfte in unverdächtigen Wohnungen besorgt und Geld beschafft werden. Das eine zog das andere nach sich.

Mit einer Gruppe von Gleichgesinnten holte sie sich das Geld dort, wo es ihrer Ansicht nach am falschen Platz lag. Das geschah spontan, mit einfachsten Mitteln, und niemals durfte jemand um des Geldes willen zu Schaden kommen. Es ging darum, den Überraschungseffekt auszunutzen und sich dann davonzumachen. Das vorherrschende Gefühl war räuberhafte Freude – über die gelungene Tat und die Bewältigung der eigenen Angst. Sie empfand es als Glück, mit Freunden in der Gefahr zu bestehen. Wie die meisten Menschen hatte sie einen Abscheu vor Gewalt. Aber sie sah sich von Gewalt umgeben: Die Menschen, mit denen sie bei ihrer Arbeit im Gefängnis zusammentraf, hatten von Kindheit an nichts anderes als Gewalt erlebt; Gewalt schien der einzige Weg zu sein, ihrem Unglück zu entfliehen, und sie konnte nur versuchen zu verstehen, auch wenn es ihr zuwider war. Sie wußte auch, daß es Gewalt in ihr selbst gab, die sie tief erschreckte. Ganz gleich, worum es sich handelte, sie wollte ihr Ziel mit List und Leichtigkeit, nicht mit Gewalt erreichen. Es ging ihr nicht um große moralische Taten, die das Unrecht der Welt anprangerten, sondern um kleine Aktionen, die sich auf dem schmalen Grat zwischen Recht und Unrecht bewegten. Doch bei einem Überfall kommt jedesmal der Augenblick, wo man «Hände hoch!» sagen muß und die Angst in den Augen des anderen sieht, der ja nicht wissen kann, daß es nur eine Spielzeugpistole ist, die sich auf ihn richtet. Fragwürdige Augenblicke, wenn man sich vorgenommen hat, in einer besseren Welt die Angst abzuschaffen, und sie dann für die eigenen Zwecke einsetzt. Innerlich versuchte sie, sich darauf vorzubereiten. Sie sagte sich: «Der Mann, der dir jetzt gegenübersteht, wird dafür bezahlt, das Geld zu bewachen und es vor denen zu schützen, die es brauchen.» Sie machte sich etwas vor, und dieser Konflikt hat sie immer begleitet, bis sie Sekunden vor ihrer Verhaftung jenem Geldboten gegenüberstand, der überhaupt keine Angst in den Augen hatte.

Inzwischen gab es eine feste Gruppe ihrer Partei in Berlin, und sie gehörte zum Vorstand. Vom Zentralkomitee, das in regelmäßigen Abständen aus Westdeutschland anreiste, damit Selbstkritik geübt würde, wurde sie jedoch scharf angegriffen. Es verging kein Monat ohne Tribunale, die sie als Läuterungsprozesse begriff, um sich von ihrem Individualismus zu lösen. Sie tat Buße für ein höheres Ziel. Mit aller Energie versuchte sie, Betriebsgruppen bei Siemens aufzubauen. Morgens um fünf verteilte sie im bittersten Winter Flugblätter am Fabriktor, als eine Arbeiterin zu ihr kam und sagte: «Geh doch nach Hause. Du könntest doch jetzt noch im warmen Bett liegen.» Aber sie wollte an dem Glauben festhalten, daß die Arbeiterklasse die einzige historische Kraft sei, die alles verändern könne. Dafür war sie zur Selbstaufgabe bereit. Sie wollte die Arbeiterklasse lieben. Aber sie konnte ebensowenig eine ganze Klasse lieben, wie sie alle Kinder lieben konnte.

In den Parteisitzungen begannen ihre Arme zu jucken, ihr Körper war mit Quaddeln überzogen. Sie wurde krank. Noch im Krankenhaus, in völlig erschöpftem Zustand, schrieb sie Artikel für die Betriebszeitung. Ihre Vorstellung von einer neuen Gesellschaft als einer Ansammlung von Freunden paßte nicht ins Weltbild einer Organisation, die sich im verborgenen und nur mit der Arbeiterklasse verbunden auf den langen Weg zu einer fernen Revolution machte. Eine Tüte mit Flugblättern beendete schließlich ihre Buße und ihre Sehnsucht nach etwas Umfassenderem; eine Tüte, die sie einem Genossen ungesehen übergeben sollte, indem sie sie auf einer Bank am Bahnsteig eines U-Bahnhofs liegenließ. Er sollte aus dem Zug aussteigen, mit dem sie wegfahren würde, und diese Tüte unauffällig an sich nehmen. Als der Zug kam, ließ sie die Tüte, wie verabredet, liegen und wollte einsteigen. Der Stationsvorsteher hatte die Tüte gesehen und trug sie ihr freundlich hinterher. Inzwischen war der Genosse aufgetaucht, sah die Tüte in der Hand des Stationsvorstehers und setzte an, sie ihm zu entreißen. Es kam zu einem Gerangel, aus dem der Stationsvorsteher als Sieger hervorging und darauf bestand, daß es ihre Tüte sei. Sie nahm sie dankend wieder an sich und brachte sie abends dem Genossen nach Hause. Das Zentralkomitee reiste an. Ein Ausschlußverfahren wurde angestrebt. Sie schrieb ein Pamphlet über das Mißtrauen und die Unterdrückung in den eigenen Reihen und trat aus. Ihre Utopie konnte keine Partei sein, sie war nicht das Umfassende, für das sie sich selbst verleugnen mußte. Ihre Utopie lag in den Grenzgängen, in denen sie die Erfahrung gemacht hatte, daß man Menschen vertrauen kann. Sie lag in den Augenblicken von Freiheit, die sich nicht organisieren lassen, die aber wie ein Ausblick sind auf etwas, das sie als Ganzes nie erreichen, das aber als Traum immer in ihr leben würde.

Es war kein Zufall, daß die marxistisch-leninistischen Organisationen und die Rote Armee Fraktion gleichzeitig entstanden. Nicht die illegale Aktion hielt sie davon ab, sich ihr anzuschließen, sondern das Leben in der Illegalität, das eine Trennung von den Kindern, von den Menschen, die sie liebte, vom Leben bedeutet hätte. Dazu war sie niemals bereit. Sie brauchte den Alltag, um handeln zu können, denn sie konnte nichts theoretisch vorwegnehmen, was sie nicht in der Wirklichkeit erfahren hatte. Schon bald wurde deutlich, daß auch die Rote Armee Fraktion eine zentralistisch aufgebaute Gruppe war, keine kühne Bande von Gesetzlosen, die, von der Bevölkerung geliebt, selbstlos und edel für das Gute kämpfte. In tiefster Seele stellte sie sich den bewaffneten Kampf als eine Abenteurerexistenz vor, mit mutigen Frauen und Männern und warmherzigen Familien, die für die Kinder sorgten. Kein Verstecken in kalten, verlassenen Wohnungen, keine ständige Flucht und Einsamkeit, keine endlosen Strategiepapiere, die niemand verstand. Keine Jagd von jener Erbarmungslosigkeit, wie sie später Wirklichkeit wurde. Die Befreiung von Andreas Baader war keine heitere Angelegenheit, wie es die List des Georg von Rauch gewesen war, der sich angesichts drohender Sicherheitsverwahrung vor aller Augen im Gerichtssaal für seinen freigesprochenen Freund ausgab und den man gehen ließ, weil für die Justiz alle Langhaarigen gleich waren. In der Befreiung von Andreas Baader sah sie nicht die «gerechte Sache», sondern eine politisch-strategische Aktion, bei der Waffen eingesetzt wurden und ein Mensch schwer verletzt wurde.

Wenn sie zu Beginn dieses politischen Aufbruchs das Leben wie auf einer Simultanbühne wahrgenommen hatte, auf der alles, was geschah, gleichzeitig und gleichwertig war, so rückte das Leben jetzt in eine hierarchische Perspektive, und die Gegenwart verlor sich in der Ferne. Je genauer versucht wurde, zwischen sich selbst und dem «Feind» eine klare Trennungslinie zu ziehen, um so ungenauer wurde die Gegnerschaft, bis schließlich alle Feinde waren. Die Auffälligkeit, die eine Stärke war, mußte der Anpassung weichen. Nicht mehr die Wohngemeinschaften, sondern teure Apartments wurden jetzt Orte der Sicherheit. Es waren Freunde, die bei diesem Kampf ihr Leben ließen, und weil sie nichts tat, um sie zurückzuhalten, begleitete sie immer ein Gefühl der Schuld. Aber zugleich wußte sie, daß sich die Wege längst getrennt hatten, daß sie keine Versprechungen mehr in Händen hielt, die sie gegen die verführerische Eindeutigkeit des Weges in den Untergrund hätte aufbieten können. Wann und woran die Bilder der Utopie verlorengingen – das kann sie nicht zurückholen. Wenn sie darüber spricht, spricht sie über die Stationen danach. Unbemerkt war etwas geschehen, das nur im Rückblick erkennbar wurde. Irgendwann ging es nicht mehr um das, was man wollte, sondern um das, was man nicht wollte. Nicht nur am Marxismus-Leninismus, auch am organisierten Untergrund zerbrachen die Bilder von der besseren Welt.

Georg von Rauch war der erste ihrer Freunde, der starb. Nach seiner Flucht aus dem Gerichtssaal hatte die Polizei lange nach ihm gesucht. Ganze Stadtviertel hatten sie durchkämmt. Sie kamen auch zu ihr, in die Bozener Straße. Vor der Tür stand das kleine, grellorange Moped, mit dem er damals durch die Stadt fuhr. Sie saßen und tranken Kaffee, als eine Warnung durchs Telefon kam. Sie klingelte bei dem Bierfahrer gegenüber, und Georg tauchte unter in dessen vielköpfiger Familie, sie spülte schnell die Tassen ab. Er war immer wieder entkommen, bis zu jenem Abend im Dezember 1971. Seine zerbrochene Brille lag auf dem Trottoir in der Eisenacher Straße, wo ein Polizist ihn erschossen hatte, als er mit erhobenen Händen an den heruntergelassenen Rolläden eines Antiquitätengeschäftes stand. Es war sehr früh dunkel geworden an diesem Abend, und in der Nacht liefen Menschen durch die Straßen und riefen «Mörder, Mörder!» Sie ging nicht mit, weil sie seinen Tod nicht wahrhaben wollte. Sie sah ihn lebend und übermütig.

Immer hatte sie davon geträumt, Familie in etwas zu verwandeln, das auf freie Wahl und nicht auf Verpflichtungen gegründet war, doch es gelang ihr nie, A. in diese Verwandlung einzubeziehen. Alle Versuche, das Zusammenleben in der Bozener Straße zu einer Wohngemeinschaft zu erweitern, scheiterten an seinem erbitterten Widerstand. Er war Außenseiter, wenn er morgens als einziger das Haus verließ und zurückkam, wenn alle frühstückten und gemeinsam die Lage diskutierten. Das Geschirr war ungespült, der Mülleimer nicht hinuntergebracht, der Kühlschrank leer. A. begann sich zu verschließen. Sie drängte nach außen. Er zog sich zurück. Bald konnten sie nicht mehr miteinander sprechen. Sie erreichte ihn nicht, er hörte sie nicht mehr, saß nur an seinem Schreibtisch und schwieg. Da nahm sie einen Koffer, packte ihr altes grünes Abendkleid und eine Decke hinein und fuhr mit der U-Bahn nach Kreuzberg. Dort kannte sie eine Gruppe von Leuten, die in einer

Fabriketage wohnten und Straßentheater machten. Sie hatte schon eine Weile mit ihnen gearbeitet und Moritaten geschrieben. Die Gruppe spielte Szenen über den gewaltsamen Tod – von Allende und später den der sechs Basken, die Franco noch hatte hinrichten lassen, kurz bevor er selber starb. Sie provozierten die Passanten auf der Straße mit Aktionen, um mit ihnen ins Gespräch zu kommen.

Als die Gefangenen der Roten Armee Fraktion mit ihrem wochenlangen Hungerstreik begannen, um aus ihrer Isolation herauszukommen, besetzten sie die Kirche am Blücherplatz und schlossen sich dem Hungerstreik an. Ein Brief, den Ulrike Meinhof über den «toten Trakt» im Gefängnis Köln-Ossendorf geschrieben hatte, setzten sie in ein Stück um und führten es in der Kirche auf. Sie versuchten, den Schmerz zu zeigen, der entsteht, wenn die Sinne nichts mehr wahrnehmen können. Sie wechselten von grellem Licht zu völliger Dunkelheit, von Lautlosigkeit zu schrillem Geräusch. Dazu sprachen sie Worte aus Ulrike Meinhofs Brief: Daß das keine Stille ist im schalldichten Raum, weil die Stille ein Echo braucht. Dann kam die Nachricht, daß Holger Meins in seiner Zelle in Wittlich in der Eifel verhungert war. Wortlos gingen sie in den Keller, füllten Flaschen mit Benzin und stopften sie mit Zunder zu, fuhren durch die Stadt, hierhin, dorthin, fuhren wieder nach Hause und brachten die Molotowcocktails wieder zurück in den Keller. Es ging nicht. Sie waren ohnmächtig, hilflos, stumm. Am nächsten Tag wurde der Kammergerichtspräsident ermordet. Die Trauer war in Entsetzen erstarrt, und es gab kein Freundesland mehr ringsum.

In der eiskalten Kirche am Blücherplatz hatte sie ihren Schlafsack mit W. geteilt. Er kam aus München von der Filmhochschule, hatte das Geld für seinen Abschlußfilm einem Häftling für eine Kaution gegeben und zeichnete jetzt auf Video auf, was sie in der Kirche taten. Er war radikaler Pazifist, Gegner jeglicher Gewalt, ein Künstler, der sich von der Kunst zurückgezogen hatte. Zum erstenmal in ihrem Leben wandte sie sich einem Mann zu, bevor er selbst bereit war. Sie wollte ihn und er zögerte. Aber in einer dieser Nächte, in denen sie nur beieinanderlagen, eroberte sie ihn.

Obwohl sie von A. weggegangen war, gab sie die Bindung an ihn nicht auf. Wenn sie zu ihm und ihrer Tochter Isabel in die Bozener Straße kam, spürte sie, daß sie die Geborgenheit, die sie dort fand, ebenso brauchte wie die kalte, ungemütliche Fabriketage in Kreuzberg, mit jenen Gestalten, die wie Übriggebliebene aus einer bereits vergangenen Epoche das damalige Lebensgefühl verteidigten – ein Ort, an dem nichts funktionierte und nichts festgelegt war, an dem zuweilen aber die Illusion aufflackerte, daß noch immer alles möglich sei. Auf eine seltsame Art verkörperten sie die Bewegung, die nicht mehr existierte, ein Zusammengehörigkeitsgefühl, für das es keinen Grund mehr gab.

A. kaufte ein Haus auf dem Land im Zonenrandgebiet und zog sich für ein Jahr dorthin zurück. Isabel ging dort zur Schule, und sie besuchte beide, sooft sie konnte. Sie lebte in drei verschiedenen Welten. Da war ihr Mann, den sie nie verlassen würde, da war W., der Künstler. Beide lehnten ihre dritte Welt ab: diese räuberische Existenz zwischen Gesetzlosigkeit und Utopie – während sie dachte, alles mit allem verbinden zu können. In ihrer anarchistischen Moral traf sie sich mit ihrem Vater, der trotz der Unstetigkeit und Bedrohtheit seines Lebens ein tiefes Vertrauen in ihr hinterließ: «Du mußt nichts beweisen. Du wirst nicht bewertet nach dem, was du tust, sondern nach dem, was du bist», hatte er gesagt, als sie ein Kind war. Sie wußte, er würde nicht über sie urteilen. Sie durfte sein, wie sie wollte. Das war sein Geschenk. Ihr Vater starb 1976. Nach dem Tod seiner Frau wollte er nicht mehr leben. In der Zeit, als sie gegen den Vietnamkrieg demonstrierte, hatte er in Frankfurt auf dem Flughafen gearbeitet. Von Frankfurt aus wurden die meisten amerikanischen Soldaten in den Krieg geflogen, und ihr Vater legte einen für diesen Transport wesentlichen Computer mit einem Streichholz lahm. Er gehörte zu dem Trupp, der den Fehler suchen sollte, und so fand man ihn nie. In seinem letzten Jahr war er öfter für längere Zeit nach Berlin gekommen, und sie hatte sich gewünscht, daß er bleiben und bei ihr leben würde. Aber er wollte zurück zu seinen alten Freunden, die jetzt wie er Rentner waren. Die alten Männer hatten begonnen, Zettel zu drucken und in Hausbriefkästen zu werfen: sie boten sich an, Kinder zu hüten, Hunde auszuführen, leerstehende Häuser zu bewachen und Briefe an die Behörden zu verfassen, sie druckten auch Flugblätter gegen die Kirche, die sie an die Kirchgänger am Sonntagmorgen verteilten, bis es zu einem Handgemenge mit dem Pfarrer kam. Als sie ihren Vater das letzte Mal sah, war er mit der Vorbereitung eines nächtlichen Einstiegs in das Sekretariat einer Hauptschule beschäftigt, um einer der fünf Töchter seines einbeinigen Kumpans, die Schneiderin werden wollte und wegen ihrer schlechten Noten keine Aussichten auf eine Lehrstelle hatte, zu einem besseren Zeugnis zu verhelfen. «Das Mädel geht unter, wenn wir nichts machen», hatte der Kumpan gesagt, und ihr Vater schlug die Scheibe ein und suchte mit seinen verkrüppelten Fingern nach Formular und Stempeln, während der Einbeinige draußen Wache hielt. Das Mädchen bekam ihr Zeugnis und eine Lehrstelle in einem weit entfernten Ort. Der Vater starb in einer Nacht im November. Er war nicht alt, und er war nicht krank. Er starb einfach. Im Sarg lag er mit einem friedlich verschmitzten Lächeln, als ob er heimlich etwas erfunden hätte. Er war aus dem Leben verschwunden, und es blieb nichts von ihm als die Erinnerung, die Erinnerung an einen Mann, dem es nie gelang, seine Familie zu ernähren, der es aber verstand, die kleinen Dinge des Lebens in Augenblicke des Glücks zu verwandeln. Seine Schwester verbrannte alles, was ihm wichtig gewesen war und was er in seinem einzigen wertvollen Möbelstück, einer Kirschbaumkommode, aufgehoben hatte: Briefe und Tagebuchnotizen aus dem Spanischen Bürgerkrieg und Aufzeichnungen über seine Erfindungen. Es war das Echo, was ihr jetzt fehlte, das Echo dessen, was sie tat.

Den Jahreswechsel 1976 verbrachte sie mit A. und Isabel auf dem Land. Sie war von W. schwanger, wußte aber, daß sie sich trennen würden. Er zwang sie in eine Entfernung, in der sie nicht leben konnte. Trotzdem hatten sie noch einen Versuch gemacht und waren zusammengezogen. Die Augenblicke von Innigkeit, die sich manchmal zwischen ihnen auftaten, hatten die Trauer um etwas Gestorbenes in sich. Als sie vom Land zurückkam, spürte sie eine Veränderung. In den Nächten, wenn sie eingeschlafen war, hatte W. sich zu der kleinen Ungarin gelegt, die außer ihrer Freundin L. in der Wohngemeinschaft lebte. Alle wußten es, nur sie nicht. Die beiden hatten sich heimlich geliebt, verborgen und klein, und fürchteten sich, auf dem stärksten Gefühl, das es gibt, der Liebe, zu beharren. Jetzt standen sie um sie herum und sahen, wie sie ihr Kind zur Welt brachte.

Als sie aufstehen konnte, legte sie ihre neugeborene Tochter Anna der Freundin in den Arm und lief durch den Tiergarten zu den Gleisen, doch die Freundin war ihr gefolgt und hielt sie an der Böschung fest, als die S-Bahn vorbeifuhr. Zu Hause warf sie die Möbel der Ungarin aus dem Fenster. Sie hatte «Vater unbekannt» ins Register eintragen lassen. Aber in all der Zeit, die seitdem vergangen ist, hat W. nicht aufgehört, seine Tochter zu sehen, und sie mußte schließlich akzeptieren, daß sie der Mittelpunkt seines Lebens ist.

1977 war ein gewalttätiges Jahr. Die Ermordung des Arbeitgeberpräsidenten und das Sterben in Stammheim setzten den Bildern von Hoffnung und Veränderung ein eisiges Ende. Mit ihrem kleinen Kind zog sie zurück in die verkommene und ungeheizte Fabriketage in Kreuzberg. In dieser Umgebung hatte sie nicht den Mut, sich gegen die These vom Mord zu wehren, die die einstigen Weggefährten hinterlassen hatten. Das Gefühl von Rache und Vergeltung war stärker als ihre Zweifel. Sie war zu schwach, sich abseits zu stellen. Der Gedanke, es könnte Mord gewesen sein, hatte etwas Verzehrendes. Schon bei dem Tod von Ulrike Meinhof ließen sich die Umstände ihres verzweifelten Endes auch so deuten, daß daraus der staatlich gebilligte Mord abgeleitet werden konnte. Was blieb, war ein monströser, undurchschaubarer Gegner in einer Welt, die sich mehr und mehr dem Zugriff entzog.

In den beiden letzten Jahren hatte sie viel geschrieben, vor allem Hörspiele, die auch gesendet wurden, wie das über Pannewitz, einen berühmten Einbrecher der zwanziger und dreißiger Jahre. Sie trat in den Schriftstellerverband ein und versuchte, als Hörspielautorin ihr Geld zu verdienen.

A. war vom Land wieder nach Berlin gekommen. Sie dachte an den Augenblick, als er Anna aus dem Bettchen gehoben und an seine Schulter gelegt hatte, und sie kehrte zurück zu ihm und ihrer Familie in die Bozener Straße. Für eine kurze Zeit trafen sie sich im Gefühl einer tiefen Verläßlichkeit und Liebe, die sie immer mit ihm verband. Aber sie kehrte auch zu ihren Freunden zurück, die, wie sie, hartnäckig Wohlstand für alle forderten, vor allem für diejenigen, die keine Chance hatten.

Sie benötigten Geld: zum einen für eine im Untergrund erscheinende Zeitung, die das Wort «unabhängig» im Namen führte, zum anderen für eine Gruppe von Jugendlichen, die im Gefängnis gewesen waren und wieder dorthin zurück sollten, weil sie an den langwierigen bürokratischen Resozialisierungsversuchen gescheitert waren und jetzt in sicheren Wohnungen untergebracht werden mußten; drittens brauchten sie Geld für die Befreiung von drei Freunden, die nach einem Überfall auf eine Bank gefaßt worden waren.

Eine Warnung, die es gab, hat sie nicht erkannt. Obwohl die Aktionen, an denen sie beteiligt war, immer spontan und wenig abgesichert waren, hatte sie nie das Gefühl, daß ihr etwas zustoßen könnte, der unbeirrbare, schützende Glaube an Gerechtigkeit, den sie sich in der Kindheit angeeignet hatte, verließ sie nie. Wenn ihre Freunde von Tod und Gefängnis sprachen und sich des Risikos bewußt waren, konnte sie nicht mitreden, weil sie nie eine andere Erfahrung gemacht hatte, als daß sie davonkam. Das war im Krieg so gewesen, als sie dreimal aus einem zerbombten Haus herausgeholt wurde, und in den Kellern, wenn sie das Brummen der Flugzeuge, dann das Heulen der Bomben hörte, die näher kamen, und schließlich die Detonation, das Schreien der Menschen, ihr Beten und ihr Zusammenbrechen. Sie hatte die Angst erfahren und hinter sich zurückgelassen. Ein Gefühl der Unverletzlichkeit war entstanden, das ihren Instinkt betrog.

In einem Außenbezirk Berlins hatte sie eine kleine Bank ausgekundschaftet, in die zwei Angestellte des gegenüberliegenden Supermarktes die Geldbomben mit den Einnahmen brachten – jeden Tag nach Ladenschluß. Ihr Freund M. lieh sich ein Motorrad, an das sie ein falsches Nummernschild geklebt hatten, und weil er das Motorrad nur freitags ausleihen konnte, mußten sie es freitags tun. Sie hatte fürs Wochenende eingekauft. Ihre beiden Töchter saßen im Auto auf dem Parkplatz. Eine Frau mit zwei Kindern und Einkaufstüten wäre eine gute Tarnung, falls es hinterher zu Kontrollen käme. Anna bekam einen Lutscher: «Ehe du diesen Lutscher zu Ende gelutscht hast, bin ich wieder da.» Sie setzte einen Helm auf und stieg auf das Motorrad. Auf dem Platz vor der Bank spielten Kinder, die sie nicht erschrecken wollten, und so kehrten sie um. Am nächsten Freitag ging sie wieder einkaufen. Wieder warteten die beiden Töchter im Auto, und wieder stieg sie auf das Motorrad. Sie kamen an den Platz vor der Bank und fanden eine veränderte

Situation vor. Der Mann, der seine Frau in dem Friseurladen abholte, erschien nicht, auch nicht der Rentner, der sonst hier seinen Hund ausführte. Sie fuhren zur nächsten Uhr und sahen, daß sie zu spät gekommen waren. Noch ein Freitag. Alles wiederholte sich. Die Kinder warteten im Auto auf dem Parkplatz. M. kam mit dem Motorrad. Sie stieg um. Sie fuhren auf den Platz vor der Bank. Der Mann holte seine Frau im Friseurladen ab. Der Rentner führte seinen Hund aus, aber sie sahen noch andere Gestalten, die ihnen fremd vorkamen. Sie hatten miteinander ausgemacht, daß die Aktion ohne Erklärung abgebrochen würde, wenn einer von ihnen ein ungutes Gefühl hatte. M. hatte ein ungutes Gefühl, und er konnte später nicht erklären, warum er nichts gesagt hatte. Sie fühlte sich von den Fremden nicht gestört. Sie schauten sich kurz an, dann kamen schon die Geldboten, und sie gingen mit ihren Spielzeugpistolen auf sie zu. M. auf den größeren, sie auf den kleineren. Sie sagte: «Das ist ein Überfall!» und «Geben Sie das Geld her!» Der Geldbote hielt die Tüte, in der sich mehrere Geldbomben befanden, in der Hand und rührte sich nicht. Aus dem Augenwinkel sah sie, wie M. den Großen um ein in der Mitte des Platzes angelegtes, noch nicht ganz verblühtes Rosenbeet jagte. Sie hörte ihre Stimme sagen: «Ich meine es ernst!» und griff mit der linken Hand nach der Tüte. Der Geldbote schaute sie gelassen an. Die Zeit dehnte sich. Als stünde sie still. Es war nichts als Gegenwart, endlose, lautlose Gegenwart. Der Geldbote und sie zogen an der Tüte, zaghaft, beinahe unentschieden, als ob sie etwas ausprobieren wollten. Dann fiel die Tüte schwer zwischen ihnen auf die Erde. Im gleichen Augenblick spürte sie einen Schlag. Ihr Helm flog vom Kopf. Die Arme wurden nach hinten gerissen. Ringe schlossen sich um ihre Handgelenke. Es war vorbei. Das Paar vom Haus gegenüber, das freitags am frühen Abend am Fenster saß und hinausschaute, hatten sie nicht bemerkt.

M. und sie kamen in ein Polizeirevier in der Nähe; sie konnten sich noch einmal an den Händen fassen. Es dauerte Jahre, bis sie sich wiedersahen. Die Nacht war qualvoll. Sie hatte ihre beiden Kinder vor Augen, die im Auto auf sie warteten. Nicht, daß sie zurückschaute und dachte: Was habe ich getan! Sie sah nach vorn und sah sich getrennt. Das war das Schlimmste. Als die Kinder sie schließlich besuchen durften, hatte Anna die Taschen ihrer Strickjacke, die so lang wie ein Mantel war, voller Süßigkeiten. Isabel tröstete sie und sagte: «Es geht vorbei.» Isabel hatte, als sie die Polizeisirenen hörte, ihre kleine Schwester an die Hand genommen und war mit einem Taxi nach Hause gefahren. A. hatte das Auto vom Parkplatz geholt und sich um alles gekümmert. Es war November 1980. Sie war 46 Jahre alt.

Beim Verhör sagte sie aus, daß sie M. in die Geschichte hineingezogen habe. Der Anwalt, der am nächsten Tag kam, war entsetzt: Man redete nicht mit der Polizei. Sie wurde ins Frauengefängnis in der Lehrter Straße gebracht und kam in eine Zelle mit acht Frauen, die eigentlich für drei gedacht war. Jede Frau bewohnte einen durch einen Vorhang abgetrennten Winkel. Der Fernseher lief ununterbrochen. Es gab keine Sekunde der Stille. In der Nacht setzten starke Schmerzen und Blutungen ein, sie wurde in die Krankenabteilung gebracht und bekam eine Spritze, die den Geschmack nach Knoblauch hinterließ. Als sie aufwachte, lag sie in einem Bett in einer Einzelzelle, die Schmerzen waren vorbei, und sie dachte, alles wird gut. Sie hatte das Kind haben wollen. Wieder wäre es ihr Kind gewesen, auch wenn sie den Vater nicht meinte, an den sie sich heute kaum noch erinnern kann. Aber sie hätte es haben wollen, weil sie ihre Kinder immer wollte.

Am Abend holte man sie aus der Krankenzelle zu einer Gegenüberstellung, hängte ihr eine Nummer um den Hals und stellte sie in ihrer Anstaltsstrickjacke und mit strähnigem Haar in eine Reihe von Matronen, Kriminalkommissarinnen ihres Alters, die adrette Kostüme trugen. Ein Mann wurde hereingebracht, den sie noch nie gesehen hatte, er schritt die Reihe entlang und deutete auf sie. Danach wurde ihr eröffnet, daß dieser Mann sie mit absoluter Sicherheit wiedererkannt habe, als sie mit einem Mittäter auf einem Motorrad einen Geldboten überfallen habe. Aber nicht der Überfall vom vergangenen Freitag war gemeint, sondern einer, der stattgefunden hatte, während sie zu einem noch lebenden Komplizen des Einbrechers Pannewitz in einen kleinen Ort an der innerdeutschen Grenze fuhr, um ein Interview mit ihm zu machen. Nach der Gegenüberstellung kam sie in eine Einzelzelle mit einer vergitterten Luke, durch die man auf eine Mauer sah. Die Zelle war dunkel, dreckig und kalt. Den ganzen Tag brannte die Glühbirne.

Die Anwälte sagten ihr zehn Jahre voraus. Das Bundeskriminalamt bereitete eine umfassende Anklage vor, sie wurde mit Orten und Ereignissen in Zusammenhang gebracht, an denen sie nie gewesen war und die auch nicht ihre Sache gewesen wären. Sie versuchte, sich auf zehn Jahre einzustellen, und erreichte mit einem Hungerstreik, daß sie in eine Abteilung im oberen Stockwerk verlegt wurde, in der Frauen langjährige Strafen absaßen. Die Zellen blieben tagsüber offen. Unter den Giftmischerinnen und Mordanstifterinnen fand von Zelle zu Zelle ein geselliges Leben statt. Keine der Frauen, die sie dort traf, schreckte sie ab. In keiner von ihnen konnte sie das Verbrechen erkennen, für das sie büßten. Sie begegnete auch Ilse Schwipper, die in einen Fememord verwickelt sein sollte. Sie selbst war froh, daß sie schuldig war und zu dem stehen konnte, was man ihr vorwarf. Sie war kein Opfer, denn es lag in der Logik ihres Handelns, daß man sie dafür einsperrte. Aber was zehn Jahre bedeuteten, wurde ihr erst nach und nach klar: Sie würde ihre kleine Tochter nicht aufwachsen sehen. Von Anfang an stellte sie sich deshalb auf Flucht ein, zählte die Schritte zur Mauer, versuchte, die Höhe einzuschätzen, und schrieb alles auf. Sie wollte vorbereitet sein, wenn der richtige Augenblick gekommen war und ihre Freunde sie holen würden.

Ein Beamter der Justiz, mit dem sie vor Jahren in dem Strafvollzugsmodell zusammengearbeitet hatte, war inzwischen Direktor des Frauengefängnisses geworden. Er ließ ihr ausrichten, sie könne eine Unterredung mit ihm haben, und sie hatte gleich das Gefühl, daß er ihr etwas anbieten wollte. Aber ihr lag daran, die freundschaftlichen Beziehungen, die sich zwischen ihnen entwickelt hatten, nicht zu nutzen, um jetzt Vorteile zu haben. Dann kam ihr Feature über die Jugendstrafanstalt Plötzensee im Radio. Sie hatte den Justizsenator interviewt und das Versprechen, ihm den Text vor der Sendung vorzulegen, wegen ihrer Verhaftung nicht eingehalten. Man schickte ihr einen Einschreibebrief mit dem lebenslänglichen Verbot, die Berliner Strafanstalten zu betreten. Jetzt schrieb sie an den Direktor, sie sei illegalerweise inhaftiert, sie müsse sofort freigelassen werden, sie hätte Hausverbot.

Nach sieben Wochen im Gefängnis wurde ein Antrag auf Haftverschonung gestellt. Der Haftrichter entschied, sie angesichts ihrer Familie und fünfzigtausend Mark Kaution bis zum Beginn des Prozesses mit der Auflage freizulassen, sich dreimal in der Woche bei der Polizei zu melden. Sie wurde von der Verhandlung noch einmal in das Frauengefängnis gebracht. Dort, wo sich die Gänge, durch die man zum Gericht geführt wird, mit denen des angrenzenden Männergefängnisses kreuzen, sah sie die drei Freunde, die sie hatte befreien wollen, auf der Galerie stehen. Sie ließ sie zurück, und es lastete auf ihr, daß es nicht gelungen war; zugleich wußte sie, daß sie es nicht noch einmal versuchen würde. Als A. die fünfzigtausend Mark von Freunden zusammengetragen hatte, ging sie bei eisiger Kälte durch das Tor und schleppte eine Mülltüte mit ihren Sachen hinter sich her. Da stand A., da stand W., da standen

Anna und Isabel. Sie tranken Sekt bis zum Abend. Sie saß neben A. und sehnte sich danach, bei ihm zu liegen. Aber sie mußte mit ihrer Gruppe etwas klären, von dem sie dachte, daß es keinen Aufschub dulde. Als sie spät in der Nacht zurückkam, stand A. mit gepacktem Koffer im Flur, müde und hoffnungslos. Er hatte auf sie gewartet. Sie hatte den richtigen Augenblick verpaßt. Jetzt war sie zu spät gekommen.

Der Prozeß rückte heran. Sie fühlte sich in die Enge getrieben. Auf der einen Seite standen zehn Jahre, auf der anderen ein Leben unter falschem Namen in einem fremden Land. Die Entscheidung, die sie schließlich traf, war auch die Entscheidung der anderen. Sie sprach mit allen, die das Geld für die Kaution gegeben hatten, und alle rieten ihr zu gehen. Sie sprach mit Isabel und fragte, ob sie mitgehen würde. Aber Isabel wollte bei ihrem Vater bleiben. Sie ging zu A. In ihrem tiefsten Inneren hoffte sie, er würde sagen: «Du bleibst. Wir stehen das gemeinsam durch.» Wenn er das sagt, dachte sie, dann sind es keine zehn Jahre. Aber er schwieg und hielt sie nicht zurück. Da ging sie fort. Sie brachte Anna zu W. und versprach ihr, daß sie nachkommen würde. Sie nahm Isabel in die Arme: «Bis bald!» «Bis zu den Sommerferien!» sagte Isabel.

Als es sich abzeichnete, daß sie das Land verlassen würde, taten sich eine Menge Möglichkeiten auf. Melina Mercouri war griechische Kulturministerin und hatte über den Schriftstellerverband zugesichert, daß sie nach Griechenland kommen könne. Aber sie traute sich nicht zu, Griechisch zu lernen. Nicaragua war weit. Französisch konnte sie zwar auch nicht, aber es schien ihr leichter zu lernen. Frankreich war nicht weit von Deutschland, und sie war entschlossen, ihre Familie so oft wie möglich zu sehen. Außerdem konnte sie auf Kontakte zurückgreifen, die sie in den letzten Jahren bei Sommerreisen geknüpft hatte, wenn sie sich ab und zu an kleinen Unterstützungsaktionen für Landkommunen beteiligt hatte, in denen es – im Gegensatz zu Deutschland – eine Begegnung mit der Generation der Väter gab. Dort lebten alte Résistance-Kämpfer und aus dem Spanischen Bürgerkrieg geflüchtete Franco-Gegner mit Studenten zusammen. Sie hörte von Menschen, von denen schon ihr Vater erzählt hatte, und fühlte sich in einem Zusammenhang, der zugleich international und familiär war. In Deutschland waren fast alle, mit denen sie zu tun hatte, jung. Man hatte niemandem über Dreißig getraut, selbst dann nicht, wenn man selbst über Dreißig war. In Frankreich aber gab es in der geschichtlichen Kontinuität von Widerstand und Anarchie eine Reihe entwurzelter Existenzen, denen sie sich zugesellen konnte.

Sie meldete sich ein letztes Mal bei der Polizei und verließ Deutschland über Ostberlin, da es an dieser Grenze keine Fahndungslisten gab. Als der Zug den Bahnhof Zoo verließ und durch den Tiergarten fuhr, dachte sie, daß sie bald wiederkommen würde. In Rostock nahm sie das Schiff nach Kopenhagen. Dort bekam sie falsche Papiere, mit denen sie nach Paris flog. In Paris war alles vorbereitet. Am Flughafen stand ein Bekannter, der Deutsch sprach. Sie brachte ihren Koffer in eine kleine Wohnung im 5. Bezirk, in der Rue des Filles du Calvaire, der Straße der Kreuzwegmädchen. Dann ging sie zu Bofinger, einem der exklusivsten Pariser Restaurants, wo um eine große Tafel lauter Menschen saßen, die von der Polizei gesucht wurden. Am zweiten Tag verlor sie ihre gefälschten Papiere auf dem Flohmarkt. Von den Situationisten, die auch geflüchtete Franco-Gegner schon mit falschen Papieren versorgt hatten, bekam sie einen neuen Paß. In der Straße der Kreuzwegmädchen konnte sie eine Weile wohnen, und sie begann sofort mit einem Sprachkurs. Da sie all ihre Sachen in Berlin verkauft hatte, reichte das Geld eine Weile, außerdem wurde sie in Paris von vielen Leuten unterstützt. Nach einem Monat Sprachkurs fand sie zwei

Putz- und Bügelstellen und hütete Kinder, mit denen sie Deutsch sprach. Mit A. und W. hatte sie bestimmte Orte und Zeiten zum Telefonieren ausgemacht.

Im April 1981 hatte sie so weit Fuß gefaßt, daß Anna nachkommen konnte. Sie kam auf dem Arm von W. an die Place de la République. Weil die kleine Wohnung für andere Flüchtlinge gebraucht wurde, zog sie mit Anna in ein Zimmer mit Waschgelegenheit und Toilette. Morgens ging sie zum Sprachkurs, Anna war immer dabei. Die Wege mit der Métro waren endlos. Nach dem Sprachkurs ging sie ein wenig in den Jardin du Luxembourg. Um zwei Uhr fing ihre Arbeit an und dauerte bis elf Uhr abends. Todmüde lief sie mit Anna, die längst eingeschlafen war, zur Métro und schaffte kaum die sechs Stockwerke hoch in ihr Zimmer. Um halb sieben standen sie wieder auf, vollkommen erschöpft.

Als sie einen Verleger kennenlernte, der Kinderbücher herausgab, einen herrlichen dicken, schwarzgelockten Mann in einem langen arabischen Gewand, begann sie, in der wenigen freien Zeit Geschichten für Kinder zu schreiben. Sie beschrieb, wie Anna Paris erlebte, was im wesentlichen auf den endlosen Fahrten mit der Métro stattfand. Anna saß den stark geschminkten Französinnen gegenüber und flüsterte: «Damit man sie unter der Erde besser sehen kann.» Oder wie sie am Sonntagmorgen dem arabischen Gemüsehändler half und jeden Apfel und jede Artischocke putzte und ihre ersten französischen Worte: «Laisse-moi tranquille!» vom Hof heraufklangen.

Dann kam der 11. Juni. Der Heißwasserboiler war kaputt. Sie hatte den Portier informiert. Der Klempner, sagte er, würde kommen. Eine Woche später klingelte es morgens um sechs Uhr. Na endlich, dachte sie und öffnete die Tür. Im nächsten Augenblick fand sie sich auf dem Fußboden, die Hände in Handschellen auf den Rücken gedreht. Das Zimmer war zum Bersten voll mit vermummten Gestalten in kugelsicheren Westen, Spezialisten einer Antiterrorismustruppe unter einem berüchtigten Capitaine.

Sie schrie: «Mein Kind, laßt mich zu meinem Kind!». Anna lag in einer abgetrennten Ecke hinter einem Vorhang in ihrem Bett. Sie durfte sie anziehen, dann wurde sie, das Kind auf dem Arm, abgeführt. Alle Hausbewohner sahen aus den Fenstern zu. Sie kam in eine Zelle am Quai d'Orfèvre. Anna hatte Durst. Sie sagte ihr, daß W. bald kommen und sie holen würde. Anna wollte aber bei ihr bleiben. Sie versuchte, ihr zu erklären, was «verhaftet» bedeutet und daß doch einer zu Hause erzählen müsse, was los sei. Nach einer Stunde gab es etwas zu essen und zu trinken. Dann begann das Verhör. Der Capitaine saß am Schreibtisch und spielte mit seiner Pistole oder putzte sie. In Neukaledonien, erfuhr sie später, habe er unter einer Gruppe von Aufständischen, die sich in einer Grotte mit Geiseln verschanzt hatten, ein Massaker angerichtet, bei dem alle umgekommen seien, auch die Geiseln; unschuldigen Iren habe er Waffen untergeschmuggelt und ihre Finger darauf gedrückt. Während Anna auf ihrem Schoß saß, fragte man sie auf englisch nach Orten und Namen, die sie nicht kannte. Sie wurde jetzt mit einem Überfall auf die Lohnkasse von Bergarbeitern in Zusammenhang gebracht, der einige Jahre zurücklag. Eine Gruppe von Anarchisten hatte dreißig Millionen Francs erbeutet, niemand war verletzt worden, und selbst die Bergarbeiter, die ihren Lohn einen Tag später ausgezahlt bekamen, hatten Sympathien für die Tat. Sie beharrte darauf zu telefonieren, damit Anna abgeholt würde. Sie sagten: «Wenn Sie ausgesagt haben, darf Ihr Kind nach Hause.» Sie schwieg, worauf sie ihr Anna aus dem Arm rissen und damit drohten, sie in ein Kinderheim zu bringen. Als sie Anna im Nebenzimmer weinen hörte, sagte sie: «Sie haben gewonnen. Ich sage alles, was ich weiß.» Ein Kommissar, bei dem sie das Abzeichen der Résistance am Revers erkennen konnte, ließ Anna holen. Anna war abwechselnd glühend heiß und eiskalt. Man ließ sie telefonieren. Die Frau eines befreundeten Kinderarztes kam und nahm Anna mit nach Hause. Danach verlangten die Vernehmer ihren Preis, und es war ihr Glück, daß sie all das, was sie von ihr wissen wollten, nicht wußte. Sie hatte nie lügen oder etwas verschweigen können, sie kann das Gewicht von Geheimnissen nicht tragen und war immer angewiesen auf Freunde, die sie schützten. Jetzt begann sie Geschichten zu erzählen – von irgendwelchen Arabern, die sie auf irgendwelchen Spielplätzen kennengelernt und die ihr einen Paß besorgt hätten. Sie erfand Namen und Orte und geriet in ein hoffnungsloses Durcheinander. Aber sie hatte die Zeit herumgebracht. Anna war sicher nach Hause gekommen, und es gab nichts mehr zu erpressen.

Man brachte sie in die Conciergerie, die von Nonnen geleitet wurde. Unter ihr lag die Zelle, in der Marie Antoinette gesessen hatte. Wie damals gab es auch heute kein fließendes Wasser. Sie befeuchtete ihre Hände an der nassen Wand. Es gab Mengen von entsetzlichem Essen, das sie in den Kübel schüttete. Wenn schon Conciergerie, dachte sie, dann wenigstens Wasser und Brot. Ihr wurde eine kleine irische Nonne zugeteilt, weil sie mit ihr englisch sprechen konnte. Diese kleine Nonne, die mit ihr lachte und sie ermutigte, war ihr ganzer Trost. Die jungen, schicken, ausgeschlafenen Antiterror-Spezialisten, die sie verhörten, dufteten nach Rasierwasser. Sie hatte sich seit drei Tagen nicht gekämmt und nicht gewaschen. Die Vernehmer tranken Whisky beim Verhör; sie bat um ein Taschentuch, griff blitzschnell nach einem Glas, schüttete Whisky auf das Taschentuch und wischte sich den Hals und die Achselhöhlen. Am vierten Tag wurde sie ins Gefängnis überführt. Im deutschen Haftbefehl stand: Es muß mit Befreiungsversuchen von außen gerechnet werden. Als sie aus dem Verlies herausgebracht wurde, war der Gang zu beiden Seiten dicht mit Maschinenpistolen gesäumt. Die kleine irische Nonne schob einen der beiden Polizisten, die rechts und links neben ihr gingen, beiseite und hakte sie ein. Als sie aus dem Gang heraustraten, mußten sie zum Auto ein kurzes Stück offene Straße überqueren. Der Einsatzleiter schrie die Passanten an: «Gehen Sie zur Seite, Sie behindern das Schußfeld!» Die kleine Nonne lachte. Sie kam mit bis zum Trittbrett des Autos und umarmte sie. «Bei der Verhandlung sehen wir uns wieder.» Jedesmal, wenn sie zum Gericht gebracht wurde und in der Conciergerie warten mußte, ließ die Nonne die Zellentür offen, und sie saßen zusammen in der Kaffeeküche. Sobald Schritte zu hören waren, schlüpfte sie in die Zelle zurück, und wenn sie abgeholt wurde, machte sich die Nonne umständlich am Schloß der Zellentür zu schaffen, als ob sie öffnen müsse.

Sie war Staatsfeindin und Terroristin. Es stand in der Zeitung, es wurde im Fernsehen gesagt. Sie nahm das Zögern der Polizisten wahr, wenn sie um eine Zigarette bat. Sie erschrak, wenn sie daran dachte, wie oft sie selber auf solche Deformierungen von Menschen durch die Presse hereingefallen war. Zum ersten und einzigen Mal wußte sie genau, was stimmte und was nicht. Und sie sah, in welchem Ausmaß der Staat und die Medien zur Lüge bereit sind. Manchmal hatte sie das Bedürfnis, sich umzuschauen, als ob jemand hinter ihr stünde, dem der Aufwand galt, denn sie fühlte sich nicht gemeint. Sie hatte etwas getan, was verboten war, nicht aus materieller Not, sondern aus ihrem Moralgefühl heraus. Nicht erzwungenermaßen, sondern aus freiem Willen hatte sie an einer Stelle des großen gesellschaftlichen Gefüges ihre Auseinandersetzung mit der Macht geführt. Nun zahlte sie den Preis. Selbst wenn sie sich dagegen wehrte, akzeptierte sie ihn. Aber irgendwann, dachte sie, würde die Aufmerksamkeit bei den Transporten nachlassen, irgendwo würde sich eine Lücke auftun.

Im Gefängnis von Fleury Mérogis wurde alles elektronisch überwacht. Der erste Mensch, den sie hinter der Trennscheibe im Besucherraum sah, war A. Er legte seine Hände gegen das Glas, und sie legte ihre Hände auf die seinen. Er saß da, selbstverständlich und listig und sagte: «Wir finden schon einen Weg.» Sie hatte das Gefühl, daß er sie am meisten liebte, wenn er ihr aus der Klemme helfen konnte.

Da man ihr in Frankreich nichts vorwerfen konnte, ging es jetzt um die Auslieferung nach Deutschland wegen der beiden Überfälle, von denen sie nur einen verübt hatte. Die Verhandlungen wurden zu einem Drahtseilakt. Die einzige Möglichkeit, nicht ausgeliefert zu werden, bestand darin, die politische Dimension ihrer Tat hervorzuheben, obwohl der Anwalt in Deutschland die Wechseljahre oder eine Schwangerschaftspsychose als Motiv vorgeschlagen hatte. Aber sie blieb dabei, daß sie das Geld für die Jugendlichen brauchten. Gleichzeitig begann sie wieder, mit aller Intensität im Gefängnis zu leben. Weil der Sicherheitstrakt von Fleury von der Action directe belegt war, kam sie in eine Einzelzelle innerhalb einer kleinen Sonderabteilung mit etwa zehn Prostituierten. Wenn sie zusammen Hofgang hatten, erweiterte sich ihr Wortschatz um die Sprache der Straßenmädchen. Gleichzeitig unterrichtete sie die irische Nonne, wenn sie an den Verhandlungstagen in die Conciergerie gebracht wurde, mit einer zweisprachigen Ausgabe des «Prinzen von Homburg». Auf deutsch schrieb sie eine Erklärung, die sie anschließend in eine Mischung aus Kleist und Hurensprache übersetzte. Die kleine Nonne sah den Text durch und korrigierte: Das hier muß entschiedener gesagt werden, und das hier ist zwar kein Französisch, aber es entspricht dem, was Sie sind. Ihre Erklärung endete mit der Hoffnung, daß Mitterrand, der kurz zuvor zum Staatspräsidenten gewählt worden war, sein Wahlversprechen halten und keine politischen Gefangenen ausliefern würde. Aber die kleinen Nonne strich die Hoffnung durch: Hier wird nicht gehofft, hier wird verlangt.

Dann kam der Tag, an dem das Urteil verkündet werden sollte. Das Bundeskriminalamt hatte sie einerseits als Kriminelle zurückgefordert, andererseits aber dem Auslieferungsbegehren eine neue Anklage wegen Bildung einer terroristischen Vereinigung mit internationalem Charakter beigefügt. Das war ihre Chance. Sie wurde in Handschellen vorgeführt. Im Gerichtssaal saß ein ganzes Unterstützungskomitee, bereit, Mitterrand auf sein Wahlversprechen festzunageln. Sie gab ihre Erklärung ab, wurde zur Auslieferung verurteilt und beschloß, sich dem Hungerstreik einiger Basken anzuschließen, die ebenfalls ausgeliefert werden sollten. Die Prostituierten von Fleury umsorgten sie wie elf Mütter ihr Kind. Sie versuchten, ihr ständig Essen zuzustecken. Aber sie trank nur Wasser. Drei Tage lang hatte sie irrsinnigen Hunger. Nach einer Woche hörte sie Schläge an der Wand, der Beton bröckelte, sie bekam kaum noch Luft. Dann sah sie A. mit einer Strickmütze und grau von Staub mit einem Eispickel durch das Loch in der Wand steigen. Sie hörte ihn sagen: «Komm!» Als sie wieder zu sich kam, lag sie in Frèsnes im Häftlingskrankenhaus, wo sie künstlich ernährt werden sollte. Sie ließ sich nicht untersuchen, aß nicht und trank weiterhin Wasser. Täglich kam ein chinesischer Arzt an ihr Bett und fragte: «Voulez-vous mourir?» «Non», sagte sie, «je veux partir.» Gegen Morgen, immer, wenn es langsam hell wurde, kam die Angst, daß man sie holen würde.

Inzwischen hatte sich die sozialistische Regierung etabliert, und überall gab es Freunde von Freunden in wichtigen Positionen. Sie dämmerte in Frèsnes vor sich hin und ahnte nicht, zu welcher Größe die Unterstützungskampagne inzwischen angewachsen war. A. hatte von Berlin aus einen regen Briefwechsel mit Mitterrand, dem damaligen Justizminister Badinter, dem Innenminister Defferre und dem Kulturminister Jack Lang in Gang gesetzt. Die Anwälte rotierten. Der deutsche Schriftstellerverband wurde aktiv. Die Ehefrauen von Mitterrand, Defferre und Badinter, alle drei Schriftstellerinnen, beredeten ihre Männer, bis sich Mitterrand beklagte, daß er keinen Fisch mehr essen könne, ohne daß eine Petition darunterläge. Es ging um die Glaubwürdigkeit des Präsidenten und der neuen sozialistischen Regierung. Ihr Fall wurde zum Politikum. Sie hatte drei Wochen gehungert, als eines Tages der Arzt kam und sie impfen wollte. Es gäbe eine Typhusepidemie. Sie sagte: «Ich lasse mich nicht impfen. Woher soll ich Typhus bekommen, wenn ich nur Mineralwasser trinke?» Der Arzt: «Aber dann können wir Sie nicht entlassen.» Sie: «Seit wann wird man hier entlassen, wenn man sich impfen läßt?» Der Arzt: «Wissen Sie denn nicht, daß Mitterrand verfügt hat, daß Sie rauskommen?» Sie wußte es nicht. «Aber geimpft», sagte sie, «wird trotzdem nicht.» An einem Oktobertag, zehn Uhr abends, draußen regnete es, wurde sie entlassen. Sie war zu schwach, ihre Sachen zu tragen. Dolmetscherin und Anwältin wichen nicht von ihrer Seite. In einer Telefonzelle wählte sie die Nummer von A. und wurde ohnmächtig, als sie seinen Namen hörte.

Sie mußte sich in einem Krankenhaus untersuchen lassen, aber statt sie abzuhorchen, fragten sie die Ärzte nach der Roten Armee Fraktion aus. Um Mitternacht wurde sie in einem Restaurant vom Unterstützungskomitee erwartet. An ihrem Platz stand ein einzelner Joghurt. Sie bestellte ein Glas Bordeaux, ein Steak und grüne Bohnen, aß ein paar Bohnen, die Hälfte von dem Steak und trank den Wein. Gegen drei Uhr nachts brachte man sie im sechzehnten Arrondissement in eine elegante Wohnung, wo eine Frau in einem weißen Anzug sie mit den Worten empfing: «Es ist mir eine Ehre, ein Mitglied der RAF zu beherbergen.» Da griff sie nach ihrem Pappkarton und sagte: «Dann bin ich hier falsch.» Am nächsten Tag zog sie mit Jutta, ihrer Dolmetscherin, und deren Freund François in eine Wohngemeinschaft. Das Haus befand sich in einer Gegend, wo auf den Mülltonnen kleine Zettel klebten, die ihre Freiheit forderten. Sie sehnte sich nach schönen Kleidern und dem Duft teurer Seife auf der Haut, sie lief auf der sonnigen Seite der Straße und mied jeden Schatten. Noch einmal erwartete sie Anna an der Place de la République. Anna kam an der Hand von W. und stürzte sich in ihre Arme. Sie besaß wieder ihren Ausweis mit dem richtigen Namen, den die Antiterrorismustruppe bei ihrer Verhaftung in einem Buch gefunden hatte. Einmal in der Woche mußte sich sich bei der Polizei melden. A. schickte Geld. Die deutsche «Tageszeitung» bot ihr an, auf Honorarbasis Artikel zu schreiben. Aus Unterstützern wurden Freunde. Mit Jutta machte sie Übersetzungen. Sie schrieb wieder Hörspiele.

Für Anna mußte eine Schule gefunden werden. Die einzige freie Schule, von der sie wußte, war in der ehemaligen Cartoucherie, einem riesigen Fabrikgelände im Südwesten von Paris, am Ufer der Marne, wo Ariane Mnouchkine das Théâtre du Soleil gegründet hatte. Auf einer kleinen Insel der Marne hinter dem Bois de Vincennes, unweit der Cartoucherie, lebte ein Exilchilene mit seinen beiden Kindern; seine Frau, die sie aus dem Unterstützungskomitee kannte, hatte ihn verlassen. Sie packte ihre Sachen, fuhr mit Anna ans Ufer der Marne, lud ein Boot voll, setzte über auf die Insel. Mit der Liebenswürdigkeit eines trauernden chilenischen Revolutionärs wurde ihr das baufällige Haus zum Wohnen angeboten. Es gab keinen Strom. Kein Telefon. Keine Heizung. Der Chilene und sie fischten Baumstämme aus der Marne, die naß in den Kamin gelegt wurden. Sie saßen frierend im Rauch und husteten. Morgens ruderte sie Anna in die Schule in der Cartoucherie. Wenn sie in die Stadt fuhr, um sich zu melden, brachte sie jedes Brett mit, das sie am Straßenrand fand. Weitere Exilchilenen kamen über den Fluß. Niemand hatte Geld. Sie bekam Gicht an Händen und Füßen. Als es Sommer wurde, fuhr sie mit Jutta und François, der aus der Manche im westlichen Teil der Normandie stammte, in die Landschaft seiner Kindheit. Die Kühe lagen in der Abendsonne, überall duftete es nach Heu. An den Rändern der Heckenwege blühten Fingerhut und Margeriten, und am Morgen lag Tau auf den Wiesen, durch die sie mit nackten Füßen ging. Hier wollte sie bleiben und Anna in Ruhe und Frieden großziehen, hier würde sie irgendwann wieder mit A. leben. An diesem Ort würde Isabel ihre Ferien verbringen, und hierher würde sie immer zurückkehren. Hier wollte sie die Stücke ihres Lebens wieder zusammenfügen und die Menschen, die sie liebte, um sich versammeln. Weihnachten kamen A. und Isabel. Am Haus blühten noch immer weiße Rosen, auf die ein sanfter Regen fiel. Am Abend gingen sie ans Meer. Die Luft war mild, und sie liefen durch den Sand. Isabel warf den Kopf in den Nacken und sagte: «Wir machen es.» A. verkaufte sein kleines Haus in Deutschland, und im Frühling zog sie mit Anna und den Freunden in die Normandie. Zu Ostern kamen A. und Isabel. Auf einmal schien es, als sei alles ganz leicht geworden.

Dem Auslieferungsbegehren der Bundesrepublik war zwar stattgegeben worden, sie war aber noch immer in Frankreich. Ihre Entlassung aus dem Gefängnis wurde nie juristisch begründet: sie war stillschweigend geschehen, ein Akt der Gnade des Präsidenten. Bisher wurde sie geduldet. Jetzt aber kam sie auf die Liste derer, die in irgendein Land abgeschoben werden sollten. Deshalb mußte sie Boden unter die Füße bekommen. Wenn sie alle vier Wochen zur Präfektur ging, um sich zu melden, sorgte sie jedesmal dafür, daß Anna bei Freunden blieb, denn sie war sich nie sicher, ob sie zurückkommen würde. Sie mußte sich jetzt in der Stadt St-Lô melden und brauchte Bescheinigungen: Bescheinigungen über ihre Arbeit bei der Zeitung, Bescheinigungen von A., daß er sie unterstützte,

Bescheinigungen von Franzosen, daß sie für sie bürgten. Jedesmal fehlte etwas, weil jedesmal eine neue Bescheinigung gefordert wurde, und immer wieder drangen Gerüchte aus «zuverlässiger» Quelle durch, daß sie jetzt endgültig auf der Liste stünde. Sie beantragte politisches Asyl in der Gewißheit, daß es abgelehnt würde, aber mit dem Ziel, Zeit zu gewinnen. Während der Antrag bearbeitet wurde, durfte nicht abgeschoben werden. Immer wieder setzten sich im richtigen Augenblick bekannte und unbekannte Menschen in Bewegung, um zu verhindern, daß sie heimlich verschwand, nach Togo oder sonstwohin.

Die Gendarmen von Gavray, dem nächsten Städtchen, hatten schon lange den Auftrag, die Runde um ihr Haus zu machen. Sie taten es so, daß sie es kaum merkte. Am vierzigsten Jahrestag der Landung in der Normandie wollte sie als offizielle Reporterin der «Tageszeitung» mit Presseausweis zur Feierstunde nach Caen fahren und Interviews mit zwei alten Résistance-Kämpfern machen. Ihr Französisch war noch lückenhaft, Jutta würde mitkommen zum Übersetzen. Am Morgen des 6. Juni 1984 um sechs Uhr fanden sie sich von Pariser Polizei umstellt. Zwei zivile Herren legten einen Zettel auf den Tisch: für die Dauer der Feierlichkeiten seien sie und ihre Freundin festzunehmen. Sie nahm wieder Abschied von Anna und ließ sie in der Obhut von François. Sie fuhren nach Paris, wo alle Festgenommenen auf drei Busse verteilt wurden. In jedem Bus saßen zwanzig männliche und weibliche Polizisten und fünf Störenfriede. Früher brachte man solche Leute auf eine Insel; jetzt fuhr man sie an die Schweizer Grenze. In ihrem Bus saßen außer Jutta und ihr eine Italienerin, ein Iraner und ein Spanier. In den anderen Bussen saßen zwei Deutsche, die der Roten Armee Fraktion, und drei Franzosen, die der Action directe nahestehen sollten. Unterwegs wurde haltgemacht und gepicknickt. Sandwiches waren vorbereitet. Es gab etwas zu trinken. Die beiden Deutschen aßen nicht und tranken nicht und sprachen mit keinem Polizisten. Am Abend erreichten sie ein Nobelhotel in der Nähe von Bourges, dessen Besitzerin sie freundlich, aber voll Zorn auf die Polizei empfing, weil ihr Haus für diese Nacht beschlagnahmt worden war. Sie bekamen die besten Zimmer, die Bewirtung war fürstlich, «aber den Wein», sagte der Kommissar, «müssen Sie selber bezahlen». Sie konnte mit Anna telefonieren und Bescheid sagen. Am Abend wurde die Tennismeisterschaft im Fernsehen übertragen, doch die Antenne war defekt. Ein Polizist fuhr nach Bourges und besorgte das fehlende Teil. Dann saßen sie gemeinsam vor dem Fernseher und verfolgten das Spiel von Yannick Noah. In der Nacht sangen die Polizisten im Garten Lieder der Pariser Commune. Als sie sich am nächsten Morgen wieder auf den Rückweg machten und den Wein bezahlen wollte, hatte Madame bereits alles auf die Staatsrechnung gesetzt. «Wenn das so ist», sagte sie, «dann setzen Sie noch zwei Flaschen für die Rückfahrt dazu.» Zu Hause waren die Gendarmen über die Pariser Polizei gekränkt: «Das hätten wir auch gekonnt», sagten sie, «wir hätten mit Ihnen einen Kaffee getrunken und aufgepaßt, daß Sie nicht aus dem Haus gehen – so einfach wäre das gewesen.»

Am nächsten Tag stand alles in der Zeitung, und in ihrem Briefkasten steckten Drohbriefe von der «Nouvelle Ordre»: «Crève!» Krepier! Darunter ein Totenkopf. Diesmal hatte sie wirklich Angst und ging zu den Gendarmen, die das Haus daraufhin noch häufiger umrundeten. Der Nachbar gab ihr eine Pistole mit Leuchtmunition, die sie neben ihr Kopfkissen legte: «Wenn was ist, schießt du in die Luft, und sofort bin ich mit dem Jagdgewehr da.» Sie schreckte bei jedem Geräusch hoch. Außer den Gendarmen schlichen Journalisten und Fotografen ums Haus. Dazu kamen die seltsamen Gestalten, die sich ständig auf ihre Wiese «verirrten». Sie hatte Angst, wenn Anna in der Schule, und Angst, wenn sie zu Hause war. Sie sprach mit den Eltern und Lehrern, und alle paßten auf, daß Anna nichts geschah. Als der Herbst mit den ersten kalten Nächten kam und die Blätter von den Büschen und Bäumen fielen, wurde es wieder ruhig um ihr Haus.

An einem Morgen im Herbst 1987 hatte sie, weil Anna erkältet war, nur das Kind des Nachbarn in die Schule gebracht. Auf dem Rückweg merkte sie, daß irgend etwas anders war als sonst. Über der Gegend ihres Hauses kreiste ein Hubschrauber. An der Einfahrt sah sie fremde Polizisten stehen, die sie an den Straßenrand winkten. Einer von ihnen kam ans Fenster und bat sie zu seinem Auto: «Steigen Sie bitte ein.» In dem Augenblick, in dem sie leicht vorgebeugt den Schritt ins Auto machen wollte und den Gendarmen den Rücken zukehrte, griff einer ihre Arme, riß sie nach hinten, und sie hörte die Handschellen einschnappen: «Sie sind verhaftet.» Das ist die Abschiebung, schoß es ihr durch den Kopf. Aber es war die Auslieferung, die sie schon fast vergessen hatte. Sie sagte: «Ich will zu meinem Kind.» Der kleine Hohlweg zu ihrem Haus war voll von Autos. Sie mußte laufen, lief, die Hände in Handschellen auf dem Rücken, in ihren Hof, fand den Schreiner, der gekommen war, um die verzogene Haustür abzuhobeln, und den Schwager des Dachdeckers, der einen Abzug für die Heizung bauen wollte, mit erhobenen Händen an der Wand. Auf dem Bänkchen vor dem Haus saß leichenblaß ihre Freundin G., die zu Besuch gekommen war. Das Haus war von Maschinenpistolen umrundet. «Nehmen Sie mir die Handschellen ab, ich will zu meiner Tochter.» Anna lag oben in ihrem Bett. «Anneken», sagte sie, «sie sind wieder da.» Später sagten die Gendarmen von Gavray, sie hätten ihre Pariser Kollegen gebeten zu warten, bis Anna in der Schule sei. Daß sie an diesem Morgen krank war, hatten sie nicht gewußt. Sie half Anna, sich anzuziehen, schrieb dann für ihre Freundin G. eine Liste mit Telefonnummern, füllte das Scheckheft blanko aus und nahm Anna in den Arm. Diesmal konnte sie alles ganz praktisch regeln, es war fast normal, als würde sie nur verreisen. Man brachte sie nach St-Lô. Der Staatsanwalt, ein Elsässer, der sehr gut Deutsch sprach, erklärte, es bestehe ein Auslieferungsantrag, weil Frankreich und Deutschland inzwischen ein Antiterrorismus-Abkommen unterzeichnet hatten.

Sie rief die Anwältin in Paris an und wurde nach Caen in ein kleines, dreckiges, völlig überbelegtes Gefängnis gebracht. Sie kam in eine Einzelzelle, in der bereits eine Scheckbetrügerin und eine Drogendealerin saßen. Tisch und Stuhl hatten sie auf das eine Bett gestellt, damit sie auf dem anderen tagsüber sitzen konnten. Jetzt wurde das Bett von der Wand abgerückt und eine Matratze dazwischengelegt. Drei Wochen lag sie in diesem Spalt. Dann fällte eine Richterin das Urteil.

In Frankreich gibt es – im Unterschied zu Deutschland – außer der kriminellen und der terroristischen noch die politische Dimension einer illegalen Tat. Die Richterin sagte, daß hier Taten in einem politischen Kontext verübt worden seien, die der Einfachheit halber als kriminell bezeichnet würden, damit sie ausgeliefert werden könne. Wenn dies nicht gelänge, bezeichne man sie als Terroristin, wiederum, um die Auslieferung zu bewirken. In keinem Fall aber seien Beweise für das eine oder das andere erbracht worden. Klar sei nur, daß Deutschland sie haben wolle, was mal so oder so, je nach Lage, begründet würde. Ein fairer Prozeß sei nicht zu erwarten. Die Richterin sprach auch vom Vater, von den französischen Kriegsgefangenen, deren Ketten er aufgeschlossen hatte in den Bombennächten, und von dem Recht auf Schutz, dessen der Mensch bedarf. Als das Urteil verlesen werden sollte, sagte die Richterin nicht: «Madame, treten Sie vor.» Sie sagte: «Bitte, kommen Sie einmal her.» Es war ganz still im Saal. Vorne saßen Anna und ihre Schulfreundin. Dann verlas sie das Urteil. Als die Richterin merkte, daß sie die juristischen Begründungen nicht verstand, sagte sie: «Sie sind frei!» Die Gendarmen, die sie zur Verhandlung gebracht hatten, warfen ihre Mützen in die Luft.

Das Urteil von Caen ist längst ein Präzedenzfall geworden. Nicht wenige Auslieferungsanträge der Bundesrepublik sind daran gescheitert. Wenn dieses Urteil aus dem Weg geschafft würde – so die deutsche Justiz –, sei man bereit, ihr entgegenzukommen, falls sie zurückkehren wolle. Das Handelsobjekt ist der Spruch einer französischen Richterin, die den Mut hatte, daran zu erinnern, daß es politisch illegales Handeln gibt, das nicht terroristisch ist.

Als sie drei Wochen zuvor in Handschellen zum Polizeiauto geführt wurde, hatte sie gedacht: Selbst wenn du wieder rauskommst, hierher kannst du nicht zurück. Als sie schließlich wiederkam, stand ein Artikel in der «Manche Libre»: «La Retrouvaille – L'enfant de notre pays retrouvé.» Die Turnhalle von Gavray war geschmückt. Der Bürgermeister stieg aufs Podium und hielt eine Rede. Es folgten der Abgeordnete der Liga für Menschenrechte, der Landkreisabgeordnete, der Abgeordnete der Kommunistischen Partei der Manche, ein Vertreter der royalistischen Partei der Manche und der Schuldirektor. Alle hatten sich für sie eingesetzt, und alle, die sie kannte, waren erschienen. «Und jetzt?» fragte der Vater von Annas Schulfreundin, der Buchhalter war und seinen Jahresurlaub genommen hatte, um Petitionen zu schreiben, Unterschriften zu sammeln und mit Politikern zu sprechen, «– was machen wir jetzt?» Sie hielt Anna im Arm und hatte das Gefühl, zum erstenmal wirklich angekommen zu sein.

Zu Hause wartete ihre Freundin G. Sie hatte ein Unterstützungskomitee, das Jutta und François sofort nach der Verhaftung gebildet hatten, täglich mit Tee und Kaffee versorgt. G. saß da und sagte: «Ich reise ab. Ich kann es nicht mehr ertragen, wie alle wieder für dich rennen und du immer lachst, wenn du Handschellen trägst und strahlend in Handschellen im Fernsehen erscheinst. Ich kann es einfach nicht mehr ertragen.» Die Freundin verweigerte die Siegesfeier, und doch empfand sie G.s Verhalten als Beweis von Freundschaft, weil sie Rechenschaft forderte. Sie hatte es sich nicht ausgesucht, was geschehen war, aber sie fühlte sich nicht als Opfer. Auf dem schmalen Grat zwischen Abenteuerlust und politischer Überzeugung war es ihr um ihre Träume gegangen. Die Menschen, die sie liebte, hatte sie in ihre Erfahrungen hineingezogen, ohne zu fragen, welchen Preis sie zahlten. Da war Anna, die nachts aufwachte, weil sie Alpträume hatte. Da war Isabel mit ihrer Angst, wenn sie nach Deutschland zurückfuhr und nicht wußte, wo sie ihre Mutter wiedersehen würde. Da war A., auf den sie sich immer verlassen konnte und der sich um alles kümmerte. Von den vielen Freunden zu schweigen. Es gab eine andere Seite des Sieges, der sie sich stellen mußte.

Die Zeit, die sie nun schon in Frankreich lebt, ist geprägt vom Versuch, Fuß zu fassen – auch materiell, um unabhängig zu sein und allmählich zurückzahlen zu können, was ihre Freunde einst für ihre Freiheit hinterlegt hatten. Im ersten Jahr ging sie auf Auktionen und ersteigerte Antiquitäten, die für sie in Deutschland verkauft wurden. Dann vermittelte sie einer der Gendarmen von Gavray an einen Viehzüchter, für den sie den Verkauf von Rindern nach Deutschland organisierte. Ab und zu übersetzt sie noch etwas, zusammen mit Jutta, aber das ernährt sie beide nicht. Das Schreiben hat sie aufgegeben. Sie lebt wie im Exil. Selbst wenn sie in ein Land gekommen ist, zu dem es durch ihre hugenottischen Vorfahren eine Verbindung lange vor ihrer Zeit gibt, bleibt sie fremd unter fremden Menschen mit einer fremden Sprache. W. sagte einmal zu ihr, sie sei ein mutiger Mensch, aber sie hätte keine Tapferkeit. Mit Tapferkeit meinte er die Fähigkeit, ein kleines Leben zu leben, sich zu beugen und dabei ein Mensch zu bleiben. So geht es ihr jetzt darum, ihr Geld zu verdienen, nicht auf heroisch versponnene Art, sondern ganz normal in einem Alltag, in dem sie früh aufsteht und einer Arbeit nachgeht. Immer hatte sie den großen Ausweg gesucht, aber die Zeit, in der sie jetzt lebt, ist nicht die Zeit der großen Geste. Es ist die Zeit, das kleine Feuer zu bewahren und darauf zu achten, daß es nicht erlischt.

Am Anfang waren es Freunde, die in die Normandie kamen, um sich ein Haus zu kaufen, und sie half ihnen dabei. Jetzt ist es ihr Beruf geworden, an alte Häuser Hand anzulegen. Hand anlegen bedeutet nicht nur, ein Haus vor dem Verfall zu schützen, sondern es wieder mit Leben zu füllen; an langen Abenden Freundschaften zu schließen mit dem Maurer, dem Zimmermann, dem Schreiner, dem Dachdecker, dem Installateur, dem Maler; komplizierte Zeitpläne mit ausgeklügelten Kostenberechnungen zu verbinden. Hand anlegen bedeutet auch, einem Traum Gestalt zu geben. Da liegt das Haus noch zwischen Dornengestrüpp, ohne Fenster und ohne Türen, und auf einmal sieht sie es vor sich in der Nachmittagssonne, hört Schritte auf weißem Kies, Klirren von Geschirr und Stimmen. Sie sucht Menschen, die in dieses Haus einziehen würden, Nachbarn, die die Wiese mähen. Sie schafft Begegnungen zwischen denjenigen, die dort leben, und denjenigen, die dorthin kommen und ihre Geschichte mitbringen, ihre Zweifel am eigenen und ihre Liebe zum fremden Land. Hand anlegen ist die Gestaltung ihrer gegenwärtigen Welt auf der Spur der Erinnerung, die sie immer wieder in den Garten ihrer Großeltern führt.

Sie fuhr nicht mit dem Zug. Sie nahm das Auto. Am Freitag wollte sie wieder zurück sein, um Anna am Bahnhof abzuholen, wenn sie aus dem Internat kam. Steht es denn dafür, dachte sie, daß ich alles aufs Spiel setze, alles wieder in Aufregung gerät, meine Kinder wieder von mir getrennt sind, die Anwälte wieder rennen müssen und A. wieder hinter der Glasscheibe sitzt und mir Orangen bringt?

Nichts steht dafür. Aber wenn ich es jetzt nicht tue, werde ich es nie tun. Wenn ich es jetzt täte, wäre es ein Anfang, der Bann wäre gebrochen – vielleicht werden sie es gar nicht merken.

Sie nahm den Weg über Venlo. Sie fuhr durch flämische Wiesen und Felder, leichter Regen, auf der Weide die Kühe. Dreizehn Jahre lang war sie nicht mehr über eine Grenze gegangen. Jetzt wurde sie durchgewinkt wie alle anderen. Du wirst das Ruhrgebiet nicht wiedererkennen, hatte ihre Freundin gesagt. Eine Oase sei es geworden. Über Duisburg lag eine schwere Dunstglocke, in der Luft hing der Geruch von Buttermilch. Ihre Augen tränten. Sie dachte an Wilmas Treppenhaus und an die tapferen Familien in blütenweißen Kragen auf dem Sonntagsspaziergang. Dann fuhr sie an den Niederrhein, fuhr durch die kleine Straße an den Häusern mit Gärten entlang und versuchte sich zu erinnern. Wenn sie wüßte, wie viele Zentimeter ein Rhododendron im Jahr wächst, hätte sie es wiedererkennen können. Aber sie fand es nicht. Das Haus, in dem ihr früherer Mann noch immer wohnte, unterschied sich nicht von den anderen, gleich aussehenden Häusern mit gleich aussehenden Vorgärten. Sie muß daran vorbeigefahren sein, ohne es zu erkennen.

Am nächsten Morgen war der Himmel schwarz und gelb. Ein Gewitter brach los. Vor ihr stand eine Wasserwand. Als sich die Wand aufhellte, hatte sie schon die belgische Grenze passiert. An der französischen Grenze durchfuhr sie ein eisiger Schreck, als zwei Zöllner ihren Kopf durchs Fenster steckten. Es war ganz einfach, sie brauchten sie nur nicht wieder hereinzulassen. Aber sie sagten: «Bonjour, Madame.» Und sie war wieder zurück. Der Bann war gebrochen, der Knoten zerschlagen. Sie hatten es nicht gemerkt. Am Freitag erwartete sie Anna am Zug.

Sie hat immer in Geschichten gelebt, bei allem, was sie wahrnimmt, interessiert sie die Geschichte. Sie möchte nicht verharren und betrachten, sie möchte wissen, wie es weitergeht. Geschichten sind ihre Gefährten, sie begleiten sie wie der Narr den König: «Ich kann mit Dir ein Stück des Weges gehen, doch mehr kann ich Dir leider nicht gewähren ...» So hat sie auch ihre Liebe zu A. wie eine Geschichte gelebt. Sie sah sie in Bildern, die sich über Jahre aneinanderreihten, und irgendwann waren diese Bilder stärker als der Mensch selbst. A. ist der Mann, den sie am wenigsten kennt. Sie weiß von seiner Großmut, seiner Verletzlichkeit, seiner listigen Festigkeit, aber in entscheidenden Momenten wußte sie nie, was er dachte. In der Liebe kommt immer der Augenblick, wo man von seiner Vorstellung Abschied nehmen und den anderen erkennen muß, wie er ist. Das ist ihr nie gelungen; es ist der Makel an ihrer Liebe. Sie wollte mit A. bis ans Ende ihres Lebens gehen, aber er hatte recht – er kann nur eine Frau lieben, und diese Frau ist nicht mehr sie. In ihm verbirgt sich eine umfassende, aber genau aufgeteilte Großzügigkeit. Für alle ist ein Vorrat vorhanden, aber man muß vorsichtig damit umgehen, denn wenn er aufgezehrt ist, kommt nichts mehr hinzu. Sie hat davon genommen und ist fast auf den Grund gestoßen. In allen Bereichen ihres Lebens hat sie immer dazugewonnen. Aber das, was sie halten wollte, konnte sie nicht halten. Es bleibt nur Verlust – vielleicht der größte, der einzige, um den sie trauert.

I’m not gonna see you again

Es muß eine Zeit gegeben haben, in der sie geborgen war, eine Zeit, in der sie ihrer Mutter nahe war. Aber sie hat keine Bilder aus den ersten Jahren ihres Lebens. Sie sind wie ausgelöscht. Nur ein Gefühl ist geblieben, das sich wie eine ferne Erinnerung an den Körper der Mutter schmiegt. Es löst sich auf in Bilder voller Gewalttätigkeit, in Szenen eines sich entladenden Zorns zwischen den Eltern, dessen Grund sie nicht verstand. Sie sah nur, daß dieser Zorn alles zerstörte. Etwas zerbrach und hinterließ eine tiefe, nie vergessene Angst. In der Zeit, aus der ihr die Erinnerungen fehlen, muß etwas geschehen sein, das sie für immer von ihrer Mutter entfernt hat.

Sie wollte weg. Weg von zu Hause, raus zu den Jungen. Sie war immer draußen. Am Bach, im Dreck, im Schlamm, beim Räuber-und-Gendarm-Spiel, beim Rauchen im Wald, auf der Straße mit einem Säckchen voll Murmeln, die sie mit dem Sohn des Nachbarn, eines Richters, den Bürgersteig entlangrollte, während Männer aus dem Zuchthaus, mit denen sie nicht reden durfte, stumm das Grundstück seines Vaters umgruben. Zu Hause wußte sie nicht, was sie tun sollte. Sie spielte nicht mit Puppen, wollte nur ihren Bären, den sie heute noch besitzt, weil ihn die Haushälterin in all den Jahren, in denen sie nicht mehr nach Hause kam, aufbewahrte. Sie las nicht wie ihr Bruder, der immer las und mit dem die Mutter über Bücher sprach. Sie wollte immer nur raus. Es gab keine Ruhe in ihrem Elternhaus, und sie fand keine Ruhe in sich selbst. In den ersten Jahren ging sie gern in die Schule, weil sie ihre Lehrerin liebte. Aber sie konnte nie bei einer Sache bleiben. Nur kurze Zeit interessierte sie sich für etwas, dann ließ sie es fallen. Das blieb so während ihrer ganzen Schulzeit.

Die Mutter liebte den Bruder. Ob auch sie geliebt wurde, weiß sie nicht. Vielleicht hat die Mutter es versucht, aber die Tochter spürte es nicht. Irgendwann wurde sie weggestoßen; sie begann, mit dem einzigen Mittel um ihre Mutter zu kämpfen, das sie kannte – sie wollte der bessere Junge sein, der bessere Mann. Die Mutter vertrat die Kultur, von der sie wenig übernahm, weil sie so früh verlassen wurde. Die Mutter war gebildeter als der Vater. Sie wollte Opernsängerin werden. Er wollte sie zur Hausfrau machen. Einmal trat sie in Kassel auf. Der Vater saß in der ersten Reihe und schämte sich. Am nächsten Tag wurde der Gesang der Mutter in der Zeitung von der Kritik verrissen. Der Vater war der Mann, der Erfolg hatte. Er war Architekt, trug farbige Hemden und bunte Krawatten. Die Eltern hatten sich im Zug nach Kassel kennengelernt, mit dem der Vater in die Bauschule und die Mutter ins Gymnasium fuhr. Der Weg des Vaters war klar und vorgezeichnet. Die Mutter aber wollte etwas anderes sein als Hausfrau. Alles, was sie quälte, verknüpfte sie mit ihrem Ehemann, der allen Anforderungen außer den beruflichen auswich. Beide erkannten nicht die Lage, in der sie sich befanden, beide sahen nur den Anteil des anderen am gemeinsamen Unglück. Und lange sah sie nur den Anteil ihrer Mutter. Sie verstand nicht, daß das, was sich zwischen ihren Eltern abspielte, ein erbitterter Kampf um Selbstbehauptung war, in dem es nach außen hin um Geld ging. Die Mutter versuchte im täglichen Leben etwas aufzubauen, was der Vater zerstörte. Sie kaufte zu teure Gardinen, einen zu teuren Plattenspieler, einen Fernseher, sie ließ die Schneiderin kommen, während ihr Vater ein Haus baute, was all sein Geld verschlang. Er war nie zu Hause. Nur an den Wochenenden entstand eine unnatürliche, bedrohliche Harmonie. Da wurden Kinokarten für O. W. Fischer vorbestellt und man fuhr abends in die Stadt. Einmal sah sie, wie sich ihre Eltern sonntags nachmittags auf dem Sofa umarmten, während sie im Fernsehen «Fury» sah, und es tat sich ein fremdes, beunruhigendes Gefühl auf, das sie noch nie erlebt hatte. Wenn sie von ihren Eltern Zuneigung erfuhr, erfuhr sie sie getrennt oder gegeneinander, niemals gemeinsam. Daß ihre Eltern eine Vergangenheit hatten, konnte sie sich nicht vorstellen. Sie erlebte die Kopfschmerzen der Mutter und konnte keine Verbindung herstellen zwischen dem, was ihr vom Vater als Hysterie vermittelt wurde, und dem, was ihre Mutter erlebt hatte, als im Krieg das Haus über ihr zusammenbrach und sie mit ihrem Sohn im Arm durch die brennenden Straßen lief und dachte, ihr Kind sei tot. Vorbei war vorbei in den Augen des Vaters. Die Vergangenheit aber, sobald sie in die Gegenwart rückte, wurde zur mörderischen Waffe, wenn ihre Eltern sich gegenseitig vorwarfen, Nazis gewesen zu sein, und ihren Haß durch die Generationen trieben bis zum Großvater väterlicherseits, einem Mann mit Stock, der sonntags in der Räucherkammer Würste abschnitt und seine Frau so geschlagen haben soll, daß sie einen Buckel bekam.

Ihr Vater baute sein Haus. Es lag an einem Hang. Er richtete sein Büro im unteren Stockwerk ein. Oben wohnte die Familie, ihr Bruder und sie in kleinen Zimmern mit Klappbetten. Der riesige Wohnraum war mit modernen Möbeln aus Stahl und Leder eingerichtet und wurde nie geheizt, weil es immer die Wärme war, an der gespart wurde. Es gab ein gemeinsames Schlafzimmer, das der Vater aber sogleich wieder verließ. Noch eine Weile versuchte die Mutter, die Atmosphäre einer intakten Familie herzustellen, wie es der Ehemann von ihr forderte. Nach außen hin mußte alles in Ordnung sein, keine Schwäche, keine Probleme, keine Schande. Dann gab die

Mutter auf und war nur noch damit beschäftigt, ihr Weggehen vorzubereiten, was sich über Jahre hinzog.

Während der Vater zuvor bis auf die Wochenenden immer abwesend war und erst nach Hause kam, wenn sie schon schlief, bedeutete seine Anwesenheit unten im Büro, daß die Auseinandersetzung offener und mit sichtbarem Jähzorn ausgetragen wurde. Es waren keine Streitereien mehr, deren Ziel eine gemeinsame Lösung hätte sein können. Jetzt wurde die Absicht der Mutter deutlich, und irgendwann hoffte sie nur noch, daß es vorbei sei. Damals sah sie in der Suche der Mutter nach einem eigenen Weg nur die Selbstsucht einer Frau, die sich nicht zufriedengab mit dem, was andere Mütter still in familiäre Harmonie verwandelten.

Ihre Mutter war blond und vollbusig. Eine sehr weibliche Frau. Sie war ein dünnes, freches Mädchen, das für den Spaziergang am Sonntagnachmittag mit Faltenrock, Nicky und Teddymantel ausstaffiert wurde. Beim Friseur mußte sie auf einen Stuhl steigen, damit er das Gesicht frei schneiden konnte. Er schnitt einen Pony, wie ihn Prinz Eisenherz trug. Sie bekam Rollschuhe und brach sich die Nase. Sie stahl ihrer Mutter Geld und kaufte sich Süßigkeiten, während sie das Mittagessen im Mund behielt und in der Toilette ausspuckte. Als sie im Winter einen Schneeball aß, der mit Viehsalz vermischt war, brachte man sie ins Krankenhaus. Daß sie wirklich anders wurde als andere Mädchen, zeigte sich erst später. Damals wollte sie nur wie ein Junge sein, wie ihre Freunde von der Straße, die sie gleichzeitig heiraten wollte. Sie verabscheute es, in der Küche zu helfen, abzutrocknen und den Tisch zu decken. Es paßte einfach nicht zu ihr, und sie mußte es sich später aneignen, mußte lernen, auch das zu tun, was sie immer von anderen nahm – zu sorgen. Im Handarbeitsunterricht brauchte sie ein Jahr, um eine Ferse zu stricken. Später, im Gefängnis, hat sie sich oft gewünscht, sie könnte es, weil es sie beruhigt hätte, eine Masche an die andere zu reihen.

Ihre Mutter liebte es, sich darzustellen. Sie war nicht die Mutter, die sie sich wünschte, wie die ihrer Freundin, bei der sie lernte, Pfirsichkuchen zu backen. Mütter, die zu Hause waren, zogen sie an. Ihre Mutter aber hatte eine tiefe Bindung zerstört, von der sie fühlte, daß sie einmal zwischen ihnen bestanden hatte. Nun vollzog sie den Bruch, den sie innerlich schon lange vorweggenommen hatte.

Ihre Eltern fuhren jetzt nicht mehr gemeinsam in Urlaub. Zweimal verbrachte sie die Ferien mit ihrem Vater auf Borkum, sonst kam sie in ein Kinderheim, wenn ihre Mutter zur Kur ging. Die Mutter verfolgte ihren Weg, der Stück für Stück von ihr wegführte. Sie erlebte sie immer als eine Frau, die wegging, lange bevor sie es wirklich tat. Das Gehen, nicht das Bleiben war ihr Antrieb. Sie tat es nicht abrupt. Es wurde ein langer, unerträglicher Abgang, ein quälendes Sichherauslösen, das alles entwertete, was war, und dessen Ende sie als Erlösung empfand. Wenn sie endlich gegangen ist, dachte sie, wird es keine Szenen, keinen Streit, keinen Jähzorn, keine hysterischen Anfälle mehr geben. Es war treulos, daß sie sie verließ, und immer war die Trauer des verlassenen Kindes in ihr, obwohl sie schon ein junges Mädchen war, als ihre Mutter wirklich ging. Sie begab sich auf die Suche nach Ersatzmüttern. Es waren Mütter, die eine nie gestillte Sehnsucht nach Geborgenheit in ihr wachriefen. Die Orientierung aber holte sie sich von Männern. Ihr Vater war der Mann, der blieb. Ihm wandte sie sich zu und übernahm sein erbarmungsloses Urteil über die Mutter, das auch das Urteil seiner Zeit war. Ihr Vater war der Mann der fünfziger Jahre, der den Wohlstand schuf, den die Frau am Herd sparsam verwalten mußte. Wenn er später über sein Leben sprach, dann sprach er nur über das, was er gebaut hatte. Für ihn galten Tatsachen. Es gab keine Zwischenwelt der Reflexion. Es war Selbstschutz, daß sie sein Urteil übernahm, ihre einzige Möglichkeit, das Weggehen der Mutter als Befreiung zu empfinden. Sie wurde ganz und gar die Tochter ihres

Vaters. Jetzt wurde sie nicht mehr ausstaffiert, sondern zweckmäßig eingekleidet. Der Vater nahm sie mit in ein Geschäft und kaufte alles auf einmal, was sie brauchte. Es war Qualität. Er nannte es «kümmern». Sie lernte nicht, mit Kostümierungen herumzuspielen und zu improvisieren wie ihre Mutter, die sich elegant und phantasievoll kleidete. Qualität war dauerhaft und sicher, etwas, was sie immer mit ihrem Vater verband.

An den Wochenenden erklärte der Vater die erreichbare Welt. Er betrieb Heimatkunde mit ihrem Bruder und ihr und fragte sie später ab. Der Bruder, der älter war, hatte dann bereits alles wieder vergessen und wurde beschimpft. Sie liebte die Ausflüge und schaute von ferne auf diesen Berg oder jenen und erinnerte seinen Namen. Sie lief gerne in der vertrauten Landschaft herum und orientierte sich an ihrer Geschichte. Einmal drangen sie auf ihren Bildungsreisen bis ins Elsaß vor und fragten in einem Dorf nach dem Hohen Donon, einem Berg, den sie ausfindig machen wollten. Der Vater, der kein Französisch sprach und auch der Meinung war, die Elsässer sollten deutsch sprechen, fing an und geriet ins Stottern. Der Bruder versuchte es und stotterte ebenfalls. Dann versuchte sie es und scheiterte ebenso. Das Stottern hatte begonnen, als sie in die Oberschule gekommen war und Englisch lernen mußte. Die Sprache machte ihr angst, die Sprache, auf die sich alle Sehnsucht ihrer Mutter richtete. Es war der Traum der jungen deutschen Nachkriegsfrau, den ihre Mutter träumte – nach Amerika zu gehen und ihr Glück zu machen. Wenn sie ihre Mutter heute fragt, warum sie weggegangen ist, dann war es die innere Not, die sie fortgetrieben hat. Wenn sie aber vor ihren Freundinnen von Amerika erzählt, dann schwärmt sie von den Sommern in Mexiko, von den Drinks, die sie mit reichen Amerikanern auf Terrassen und Veranden zu sich genommen hat. Dafür, denkt sie dann, dafür hast du mich verlassen, Mutter, für ein paar Drinks in Mexiko?

Ihre Mutter begann, Terrain zu erkunden. Als sie das erste Mal nach Amerika fuhr, nahm sie die Tochter mit. Sie sollte Englisch lernen. In der Schule war sie wegen Englisch sitzengeblieben. Sie konnte keine Vokale aussprechen. Vokale versetzten sie in Panik. Im Unterricht hatte sie im Mantel gesessen, immer zur Flucht bereit. Eines Tages war sie aufgestanden und nicht mehr zurückgekehrt. Sie wurde von der Schule beurlaubt. Nach außen hin war es ein Verwandtenbesuch.

Ein weit entfernter Zweig der Familie war vor langer Zeit nach Amerika ausgewandert. Der älteste noch lebende Nachfahre war früher Detektiv gewesen und in einer Kutsche durch die Vereinigten Staaten gereist. Jetzt besaß der alte Mann in San Francisco drei Häuser. Mit ihm verbrachte sie die meiste Zeit vor dem Fernseher im unteren Stock, während die Mutter im Penthouse die Basis für ihre Auswanderung festigte und mit einem der Söhne des Detektivs eine Liebesbeziehung begann. Sie ging in San Francisco zur Schule, sang morgens die Nationalhymne und besuchte danach die einzelnen Kurse. Sie fand sich unter Schwarzen und Chinesen und freundete sich mit einem von ihnen an. Das Stottern war verschwunden. Sie lernte schnell Englisch, ging auf Parties und ins Kino, aß Popcorn und schwärmte für Frankie Avalon und Paul Anka. Ihre Mutter holte auf dem College eine Ausbildung als Sprachlehrerin nach. Es wurde offensichtlich, was von langer Hand geplant war. Als sie spürte, daß ihre Mutter versuchte, sie in ihren Traum von Amerika einzubinden, wollte sie plötzlich nach Hause. In ihrer alten Klasse in Kassel prahlte sie mit ihrem Englisch, sagte «dänce» statt «dance» und «chänce» statt «chance» und bekam von ihrer Lehrerin, die in Oxford studiert hatte, eine Vier. Dann wechselte sie auf eine Privatschule über, eine «Presse», wo man die Kinder mit Geld durch die Prüfungen schleuste.

Als ihre Mutter ein paar Monate später wiederkam, stand der

Entschluß fest, und sie reichte die Scheidung ein. Nun versuchte sie nicht mehr, das Bild der intakten Familie nach außen hin aufrechtzuerhalten. Es war ihr gleichgültig geworden. Mit Laufmaschen in den Strümpfen und sich lösendem Rocksaum fing sie an zu packen. Sie schien nur noch von einem einzigen Ziel besessen zu sein – wegzukommen und soviel wie möglich mitzunehmen, zumindest von allem die Hälfte. Wenn ihre Mutter das Geschirr einpackte, packte sie es heimlich wieder aus. Die Mutter kaufte Dinge, die sie mitnehmen wollte. Die Tochter trug sie zur Hintertür wieder hinaus. Als die Schreiereien die Panoramascheiben des Wohnzimmers durchdrangen, holten die Nachbarn die Polizei. Ihre Tochter sei verwahrlost, schrie die Mutter den Polizisten entgegen, völlig verwahrlost. Sie war dreizehn Jahre alt und konnte sich die Situation ihrer Mutter nicht vorstellen. Sie sah nur, daß andere Mütter zu Hause blieben. Warum nicht ihre? Der Vater nahm die Schuld auf sich. Aber er bekam das Sorgerecht. Er ließ im Urteil vermerken, daß die Mutter sie in den Vereinigten Staaten habe verkommen lassen, denn sie habe dort das Küssen gelernt. Nicht vermerkt wurde, daß sie in San Francisco mit ihrem chinesischen Freund ins Hotel gegangen war, um die Liebe zu versuchen, beide aber so erschrocken waren, daß sie sich mit Kissen bewarfen und im Bett herumsprangen.

An den Abschied kann sie sich nicht erinnern. Ihre Mutter ging mit der Last, die sie immer als ihre schwerste begriff – sie hatte ihre Tochter verlassen, die diese Last nicht von ihr nahm. Es blieb kein leeres Zimmer, als sie gegangen war. Ihre Spuren wurden verwischt. Der Vater zog aus dem Gästezimmer wieder ins Schlafzimmer, und der Platz, den die Mutter eingenommen hatte, wurde wieder besetzt. Es kamen Haushälterinnen, keine jungen Dienstmädchen mehr wie früher, mit denen sie oft nach Hause zur Familie gefahren war; jetzt waren es Hausdamen, die ihrem Leben, das aus den Fugen geraten war, wieder einen festen Rahmen geben sollten.

Sie hatte mit Verzögerungen die dritte Oberschulklasse auf der Privatschule hinter sich gebracht. Jetzt folgte eine Odyssee durch die Internate. Die Klosterschule in Fritzlar hatte einen guten Ruf. Ihr Vater hatte dort das Kreisamt gebaut. Die Nonnen erhofften sich von ihm eine Turnhalle und nahmen sie. Die Nonnen waren nicht nur in ihrer Strenge unmenschlich. Jetzt wurde auch ihr Leben unerbittlich getrennt von der Welt der Straße, die immer ihr Fluchtpunkt gewesen war. Obwohl sie protestantisch war, mußte sie zweimal am Tag mit in die Kirche gehen – im Morgengrauen, wenn ihr vom Weihrauch schlecht wurde, und abends nach dem Essen; danach blieb nichts mehr als ein alter kalter Saal, wo die Mädchen fröstelnd in die Schlafkabinen krochen und wo sie nichts Eigenes haben durften, nichts, was sie in der Nacht hätten umarmen können, wo es nur einen Ständer gab, auf dem die Kleider hingen, und Kreuze, überall Kreuze. Die Klosterschule in Fritzlar mit dem guten Ruf wurde ihr erstes Gefängnis. Ihr einziger Ausweg war, sich ständig in andere Mädchen zu verlieben und verbotenen Gedanken nachzuhängen. Der Tag war in abgezählte Stunden aufgeteilt. Beten Essen Lernen Essen Lernen Beten Schlafen. Dazwischen Schweigen, von einem Glöckchen eingeläutet und wieder ausgeläutet, wenn gesprochen werden durfte. Wer sprach, wenn geschwiegen werden mußte, saß eine Woche lang abseits mit dem Rücken zu den anderen. Manchmal wurden sie zu einem gemeinsamen Spaziergang unter Aufsicht ausgeführt. Dann gingen sie durch Fritzlar, ohne stehenzubleiben, ohne links oder rechts etwas betrachten zu dürfen, gingen an den Fluß, wo in der Ferne Zigeuner lagerten, zu denen sie nicht hinsehen durften. Die meisten Räume des riesigen Klosters bekam sie nie zu Gesicht. Hinter den verschlossenen Türen stellten sie sich nackte Nonnen vor und erzählten sich Geschichten von Menschenknochen, die im Klostergarten gefunden worden waren. An den Wochenenden durften sie nach Hause, und wenn sie am

Sonntag abend zurückgebracht wurden, sah man nichts als weinende und verstörte Mädchen. Die Hoffnung auf die Turnhalle hielt die Nonnen davon ab, sie schon nach einem halben Jahr hinauszuwerfen.

Sie kehrte nach Kassel zurück. Zu Hause sprühte sich ihr Bruder «Taft» in die Haare. Er zeigte ihr, wie man sich anzog, wenn man für James Dean oder Marlon Brando schwärmte. Sie ging jetzt mit in die Milchbars, wo er mit seinen Freunden saß. Zwischen den Wechseln von einer Schule zur anderen versuchte die Mutter, die Verbindung zu halten, und verreiste mit ihr. Sie reiste immer irgendwohin, wo sie gleichzeitig einen Sprachkurs belegen konnte. Während die Mutter morgens Französisch lernte, verliebte sie sich am Strand von Nizza aus der Ferne in eine italienische Studentin und kaufte sich goldene Schuhe. Wenn die Reise vorüber war, schickte ihr Vater sie ins nächste Internat.

Bevor sie nach Triberg kam, hatte sie sich in Mädchen verliebt, ohne daß es Spuren in ihr hinterlassen hätte. Sie war anders und hatte sich große Aufmerksamkeit bei den Mädchen verschafft. Aber sie mußte auch etwas dafür tun, auffallen, sich provozierend kleiden, besonders laut sein und besonders frech. Sie mußte rebellieren. Dafür wurde sie geliebt und manchmal geküßt. Sie hatte mit den Formen der Liebe experimentiert, ohne zu wissen, wo sie ankommen, wo sie hingehören würde. Sie hatte gespielt. Sie war sechzehn. Jetzt traf sie auf ein Mädchen, das ihre ganze Existenz erschütterte. In einer Welt, in der alles verboten ist, ist Liebe alles, was Leben bedeutet. Sie ist atemlos, umfassend. In den kalten Schlafsälen und trostlosen Klassenzimmern ist sie die alles verzehrende Flamme. Das Mädchen war schön, klug und beliebt. Sie war schon dagewesen, als sie nach Triberg kam, und weil sie schon Abiturientin war, schlief sie mit nur zwei Mädchen in einem Zimmer. Nachts pfiff der Sohn eines Botschaftsrates aus Ankara unter ihrem Fenster; da sah sie sie schon davonschweben in die weite Welt. Aber die Liebe des Mädchens galt ihr und nicht den Jungen. Sie saß im Unterricht, und die Schulstunden glitten an ihr vorbei. Während die anderen Vokabeln lernten, schrieb sie Briefe an das Mädchen.

Triberg war ein gemischtes Internat. In einem Haus wohnten die Jungen, in einem anderen die Mädchen. Ganz unten im Haus schlief die Internatsleiterin mit hochtoupierter Frisur, ganz oben eine junge Sportlehrerin. Nachts schlich sie die Treppe hinunter, wußte genau, welche Stufe knarrte und welche sie betreten konnte, schlich im Nachthemd den Gang entlang in das Zimmer ihrer Freundin, wo sie im Schutz der beiden anderen Mädchen, die sich schlafend stellten, zu ihr ins Bett schlüpfte. Es war eine überwältigende Liebe, eine Liebe, die sie ins Bodenlose stürzte. Es geschah etwas, das sie mit nichts vergleichen konnte, was sie bisher erlebt hatte. Außer der verbotenen Liebe gab es nichts mehr, was sie hielt. Nirgendwo, an keinem Ort, in keinem Buch, in keinem Film hatte sie von einem Menschen gehört, der so war wie sie. Die Liebe, die sie in den Nächten erlebte, hatte in dieser Welt keine Chance. Sie war schuldig und zog das Mädchen mit sich in die Tiefe. Alles zerbrach. Sie versuchte, von ihrer Schuld abzulenken, und täuschte epileptische Anfälle vor. Sie begann zu zittern und fiel zu Boden. Man brachte sie ins Krankenhaus. Es war ein Hilfeschrei. Sie wollte krank sein, um davon abzulenken, daß sie anders war.

Ihre Leistungen in der Schule sanken auf den Nullpunkt. Die Erkenntnis, daß sie eine Außenseiterin war, verschlang ihre ganze Kraft. Sie stellte sich ihre Zukunft vor und sah nichts. Sie war so schlecht, daß es keine Hoffnung gab. Sie klammerte sich an die Vorstellung, ihre Freundin würde Zahnärztin werden und sie eines Tages ernähren. In den Nächten lag sie an ihrer Seite, und wenn der Morgen kam, war sie ohne Schutz. Dann warf die Liebe ihre Schatten voraus auf das Erwachsensein, und es blieb nichts. Nur Auflösung und Untergang. Kein Platz im Leben, der für sie vorgesehen war. Der zerstörerische Kampf ihrer Mutter um das, was sie als ihre Freiheit begriff, stand ihr vor Augen. Die Frauen, die sie kannte, bewegten sich zwischen Kuchenblech und Stenoblock. Nichts paßte für sie, und sie fühlte sich völlig allein.

Eines Nachts ging das Licht an, und vor dem Bett, in dem sie beide lagen, stand die Internatsleiterin mit der hochtoupierten Frisur und sah auf sie herab. Alles war aufgedeckt. Es war eine Verhaftung. Sie war die Verbrecherin und mußte gehen. Die Freundin durfte bleiben. Es war eine Schande für das ganze Internat. Ihr Vater holte sie. Was sie getan hatte, wurde nicht benannt. Es war so schlecht, daß es keinen Namen dafür gab. Sie sei krank und brauche psychiatrische Behandlung. Sie sei nicht normal. Sie sei verrückt. Die Angst wurde sie nicht mehr los. Ihr Vater, der das Wort Psychiater noch nie ausgesprochen hatte, wollte nichts wissen. Er suchte ein neues Internat und bot mit seinem materiellen Stand im Leben die einzige Sicherheit, die ihr geblieben war. Manchmal noch fuhr sie heimlich nach Triberg und traf das Mädchen im Haus seiner Großmutter, das einsam am Ende eines Tales lag. Sie schlich vom Bahnhof in dieses Tal und wagte nicht, durch den Ort zu gehen. Alle auf der Straße, dachte sie, sehen mich, und alle wissen es.

Wie immer, wenn sie geschlagen nach Hause kam, erschien ihre Mutter und nahm sie mit auf Reisen. Sie reisten mit dem Zug endlos durch Europa, über Wien nach Italien und bis nach Griechenland. In Florenz wurde sie für die Welt drapiert und in ein Kostüm gesteckt. In Capri flirtete die Mutter an der Bar des Hotels mit einem Weltmann, der von Safaris erzählte, und sie ließ es nicht zu, daß ihre Mutter mit ihm auf sein Zimmer ging. Sie liefen zusammen am Strand entlang, die Mutter im tief ausgeschnittenen Kleid, blond und schön, kleiner als sie und immer ein paar Schritte voraus, sie mürrisch und dunkel hinter ihr her, wie es auf einem Foto zu sehen ist.

Sie kam jetzt auf ein österreichisches Internat. Sie hatte sich ausgerechnet, daß sie dort etwas von den verlorenen Jahren aufholen könne, weil die Zeit bis zum Abitur ein Jahr kürzer war als in Deutschland. In Ischl wohnte sie extern bei einem Förster und dessen Frau, deren eigene Kinder schon aus dem Haus waren. Sie lebten bescheiden, und jede Semmel, die sie aß, wurde mit ihrem Vater abgerechnet. Sie saß mit ihren Freundinnen in Kneipen und Cafés herum, und sie gaben sich existentialistisch. Aber wenn sie, das Transistorradio unter dem Arm, an der Marienstatue vorbei über die Brücke nach Hause zur Försterfamilie ging, war sie grenzenlos einsam.

In der Schule war es wie immer – es begann hoffnungsvoll, aber ihr Elan endete, durch zu viele Niederlagen entmutigt, schon allzu bald. Wenn sie etwas ohne Lernen nicht schaffen konnte, wenn es nicht leicht ging, gab sie es auf und verließ während der Arbeit die Klasse. Sie tat es provozierend und anmaßend und scheiterte. Sie war zum zweitenmal sitzengeblieben und machte einen letzten Versuch in Bad Aussee in der Steiermark. Der ständige Wechsel, das Spiel zwischen Hoffnung und Versagen kosteten sie viel Kraft. Immer war sie innerlich abwesend und in irgend etwas verstrickt, was ihre Konzentration vom Lernen abzog, hin zu irgendwelchen Angelegenheiten, mit denen sie in der Welt der Liebes- und Machtkämpfe eines Internats zu bestehen versuchte. Da war Gabi, mit der sie das Zimmer teilte, die ein Verhältnis mit dem Dorfschönsten Hansi hatte, der verheiratet war. Sie hingegen war in Gabis Schwester verliebt, die mit einem Starfighter-Piloten verheiratet war. Wenn sie zu ihrer schönen Mutter fuhren, die im Krieg einen Juden versteckt hatte, der ihr dafür sein ganzes Erbe hinterließ, schlich sich Gabi, nackt unter dem Pelzmantel, zu Hansi. Dann wachte die

Mutter auf, schrie und schlug die Tochter. Sie aber träumte von der Schwester und spielte in der Wirklichkeit mit Jungen herum, während sie immer nur an das Mädchen in Triberg dachte, weil sie in den Nächten, in denen sie aneinandergeschmiegt zusammenlagen, verstanden hatte, wer sie war.

Ihre Schulkarriere näherte sich dem Zusammenbruch. Eine junge Lateinlehrerin versuchte noch, sie durchzuziehen. Acht Jahre hatte sie Latein mitgeschleppt, ohne irgend etwas davon begriffen zu haben. Manchmal konnte sie es ausgleichen, aber am Ende half ihr auch die Zuneigung dieser Lehrerin nicht mehr, der sie in gegenseitiger Offenbarung nahegekommen war. Sie hatte ihr ihre Liebe zu Frauen anvertraut, während ihr die Lehrerin ein Verhältnis zu einem Schüler gestand. Es war eine Tragödie wie die ihre, ein bedrohlicher Einschnitt ins Leben, der sie beide aus der Bahn geworfen hatte.

Als in Aussee alles zu Ende war, erschien wieder ihre Mutter. Ihre Zukunft wurde Thema endloser Erörterungen, die sie in Panik versetzten. Wenn schon für ihre Mutter der Traum, in Amerika reich zu werden, nicht in Erfüllung zu gehen schien, dann sollte er wenigstens für die Tochter gelten. In Amerika – so trug die Mutter die alte Fehde mit dem Vater aus – sei sie besser aufgehoben. Sie nahm sie mit nach Mexiko. In Cuernavaca wurde sie von einem Antiquitätenhändler eingeladen, dessen Frau trank. Während sich die Mutter den mexikanischen Angestellten gegenüber als deutsche Hausherrin aufführte und der Frau das Trinken verbieten wollte, steckte sie ihr heimlich Flaschen mit Mescal zu. Ihre Mutter, deren Gedanken und Handlungen im wesentlichen auf das eigene Fortkommen gerichtet waren, nahm nicht wahr, was um sie herum geschah, und wieder brach ihr alter Haß aus, der sich wie eine enttäuschte Liebe an alten Erinnerungen festbiß.

Auf dieser, ihrer letzten gemeinsamen Reise verließ sie ihre

Mutter. Sie stahl ihr Auto und fuhr von Cuernavaca nach Mexico City zu einer Frau, die sich ihr genähert hatte, was sie einerseits erschreckte und ihr andererseits Vertrauen gab. Diese Frau war in den dreißiger Jahren mit einer Freundin durch die Vereinigten Staaten getingelt, die eine hatte gesungen, die andere gegeigt. Jetzt lebte sie mit zwei adoptierten Kindern in Mexico City und nahm sie auf. Sie war fasziniert und beängstigt zugleich, weil sie in ihrem Chaos tief bedürftig nach überschaubaren Beziehungen zwischen den Menschen war. Doch machte ihr diese Lebensweise auch Hoffnung, daß es noch etwas anderes gab als die aufwendige Suche ihrer Mutter nach einem reichen Mann. Die Frau versteckte sie bei zwei Freundinnen auf einer Hazienda, während ihre Mutter das Konsulat einschaltete und sie suchen ließ. Sie hatte Angst vor ihrer Mutter, die ihr auf eine Weise nahekommen konnte, daß es ihr die Luft zum Atmen nahm. Der Vater schickte ein Flugticket. Sie verschwand. Sie sah ihre Mutter erst Jahre später wieder, als sie in Frankfurt vor Gericht stand – da erschien sie mit zwei riesigen Koffern und versuchte, die Verteidigung ihrer Tochter in die Hand zu nehmen.

Ihr Vater erwartete sie am Flughafen. Mit seiner hilflosen, kargen Zuneigung holte er sie zurück. Noch einmal bot er ihr die teure Privatschule an. Ihre Mitschüler waren inzwischen zwei Jahre jünger als sie. Sie wurde noch in die Oberprima versetzt, dann gab sie auf. Eine Weile trieb sie sich im Umfeld der Kasseler Kunsthochschule herum. Abends ging sie in einen Jugendclub, wo Filme gezeigt wurden wie «Psycho», und wenn anschließend darüber diskutiert wurde, brachte sie vor Stottern keinen Satz heraus. Ihr Vater wollte, daß sie, weil sie so feine Hände habe, Goldschmiedin würde. Sie wünschte, er hätte sie angeregt, eine Druckerlehre zu machen. Aber er folgte seinen Vorstellungen von einem halbkünstlerischen Beruf, der ihre Niederlage in der Schule aufwerten sollte.

Es war 1967. Sie war jetzt zwanzig. Eines Tages schraubte sie den Tacho von einem der Volkswagen ab, die ihr Vater für die Angestellten herumstehen hatte, und fuhr an einem Wochenende heimlich nach Berlin zu ihrem Bruder. Sie kam zurück, ihr Vater hatte nichts gemerkt, und sie schickte eine Bewerbung an die Lette-Schule in Berlin, wo sie in die Fotografie-Klasse aufgenommen wurde. Während ihrer Wanderjahre durch die Internate hatte sie ihren Bruder aus dem Blick verloren – es war immer der Blick der kleinen Schwester auf den großen Bruder gewesen. Jetzt fand sie ihn wieder und entdeckte einen Künstler, der mit Worten umging, die sie nicht verstand. Von Veränderung war die Rede, von Rebellion, Zerschlagung und Zerstörung und von Repression. Die Repression, die sie selbst erfahren hatte, fand sie in ihrer eigenen Schuld, in ihrem Versagen begründet; sie hatte sie nicht in Verbindung bringen können mit der Gesellschaft, in der sie lebte. Wenn sie ihren Bruder besuchte, zog es sie wie mit einem Sog in sein Leben, das sie zugleich ängstigte. Sie wollte gar nichts zerschlagen. Sie wollte, daß das, was war, endlich so blieb, wie es war, und daß sie ihren Platz darin fand. Sie, die aus allen Formen gefallen war, suchte immer nach der Form, und jetzt begegneten ihr Menschen, die gerade in ihrem Wunsch nach Zerstörung eine Kraft und Festigkeit ausstrahlten, nach der sie sich immer gesehnt hatte. Sie traf auf Frauen mit langen Haaren und Männer mit langen Haaren und Lederjacken. Alle waren unzufrieden mit dem, was war. Sie wollten mehr oder alles. Es wurde ununterbrochen demonstriert. Am heftigsten gegen den Krieg in Vietnam. Als die nordvietnamesische Hauptstadt Hanoi von den Amerikanern bombardiert wurde, versuchte ihr Bruder in einer Nacht im Frühling 1968 mit seinen Freunden Andreas Baader, Horst Söhnlein und Gudrun Ensslin, in der Frankfurter Innenstadt ein Kaufhaus anzuzünden. Kurz zuvor waren bei einem Brand in einem Brüsseler Kaufhaus mehr als dreihundert Menschen umgekommen. In einem Flugblatt stellten sie einen Zusammenhang zwischen dem Brand im Kaufhaus und dem brennenden Hanoi her. Ihr Bruder und seine Freunde wurden verhaftet. «Er hat mich betrogen, er studiert gar nicht» und «Da gehst du mir nicht hin», sagte der Vater, während sie benommen in Kassel vor dem Fernseher saßen. Aber sie wollte den einzigen Menschen aus ihrer Familie, mit dem sie sich verbunden fühlte, auch wenn sie ihn nicht verstand, nicht verlieren und machte sich auf den Weg, den Spuren zu folgen, die zu ihrem Bruder führten.

Sie kam als Schwester, die wissen wollte, was ihr Bruder gemeint hatte in jener Nacht, als er in das Kaufhaus einstieg und mit Matratzen einen Brand zu entfachen versuchte, der das Bewußtsein entzünden sollte – und sie geriet mit atemberaubender Geschwindigkeit in eine andere Welt. Sie hatte gar keine Zeit, eine eigene Position zu dem zu finden, was in Berlin geschah. Sie wurde hineingeworfen. Zwei Wochen nach den Schüssen auf Rudi Dutschke fuhr sie mit dem Auto, das sie sich in der Kantine einer Fabrik erarbeitet hatte, nach Berlin.

Sie suchte. Sie ging zu der Frau ihres Bruders. Sie ging zu der Frau, mit der Andreas Baader gelebt hatte. Sie ging zu dem Mann, der der Vater des Kindes von Gudrun Ensslin war. Alle fragte sie und stieß auf Ratlosigkeit. Bis dahin war man festgenommen, erkennungsdienstlich behandelt und wieder freigelassen worden. Gefängnis war im Frühling 1968 noch in weiter Ferne. Ihr Bruder und seine Freunde waren Einzeltäter, Individualisten. Was sie getan hatten, fiel aus dem Rahmen. Es war eine Anleihe bei etwas, das anderswo geschah. Die Erklärungsversuche reichten von persönlicher Verzweiflung – weil die Frau ihres Bruders ihn verlassen hatte und jetzt in einer Kommune lebte, die sich «Charly kaputt» nannte, was wiederum als Hinweis auf die notwendige Zerschlagung des amerikanischen Imperialismus zu verstehen sei, verkörpert in

Charly, dem Soldaten – bis zu Interpretationen, die in der Aktion eine avantgardistische Tat sahen und sie als einen symbolischen Angriff auf unsere vermeintliche Sicherheit begriffen. Die Menschen auf der Frankfurter Zeil hatten einen Geschmack davon bekommen sollen, wie das Leben in einer Stadt sei, die von den Amerikanern bombardiert wurde, weil ihre Bewohner ihr Recht auf eine Freiheit einforderten, die Kommunismus hieß.

Die Leute, die sie jetzt traf, waren Außenseiter, Grenzgänger, in deren Umfeld sie geraten war, weil ihr Bruder im Gefängnis saß. Es war nicht ihre Sache, was da geschehen war, und sie versuchte, ihr Entsetzen darüber zu verbergen, indem sie sich in den Bannkreis der Avantgarde-Tat begab. Sie fand sich umgeben von einem Mut, der sich auf sie übertrug – mit allen Normen zu brechen und sich ein Leben nach den eigenen Vorstellungen einzurichten. Sie schwamm mit in einer Menge von Menschen, die alle durch etwas Ähnliches angetrieben schienen. Das gab ihr Schutz und die Möglichkeit, in einer unerhörten Umwälzung, in der alles erlaubt und alles neu war, ihren Weg zu suchen und dabei Umwege zu machen. Sie war nicht mehr allein, und zugleich war sie überall. Sie erlebte Geschichte. Lief zu allen Teach-ins und Veranstaltungen, drängte sich um Beate Klarsfeld, als diese den Kanzler ohrfeigte, und gleichzeitig war sie ständig verliebt. Sie probierte alles aus. Wollte wissen, wie andere sie erfuhren, sie sahen. Auch Männer, die sich ihr näherten. Sie ließ alles geschehen, tat selbst wenig, war einfach da. Unzählige Begegnungen reihten sich aneinander, die alle an der Oberfläche blieben. Aber sie zeigten ihr, daß sie, was auch immer sie tat, dazugehörte.

Mit der Lette-Schule ging es ihr wie mit allen Schulen. Das erste Semester schaffte sie gut. Als die Anforderungen im zweiten Semester stiegen, gab sie auf. Und wieder verfolgte sie die Existenzangst. In den Träumen holte sie das Versagen ein, auch wenn sie versuchte, ihm durch Trips und Speed zu entkommen. Gleichzeitig reiste sie als Schwester eines politischen Brandstifters im Land herum, transportierte Stellungnahmen und Informationen, landete bei «konkret», dessen Herausgeber voll Herablassung auf sie niederblickte, bis seine Frau, die bekannte Journalistin Ulrike Meinhof, kam und ihm elitäres Verhalten vorwarf. Da sah sie jene Frau zum ersten Mal, die sie so sehr berührte, die sie immer hatte beschützen wollen, ohne es doch zu können.

Alle vier Wochen fuhr sie nach Frankfurt zu ihrem Bruder, der in einem alten Backsteingefängnis in der Hammelsgasse einsaß. Noch immer verstand sie ihn nicht. Sie hatte auch sein Leben in Berlin nicht verstanden, selbst wenn es sie angezogen hatte. Dieses völlige Aussteigen aus allem, sich gänzlich aussetzen und verweigern, hat sie immer bedroht. Ihre eigene Verweigerung, ihr Anderssein war etwas anderes. Sie hatte es nicht gewählt. Sie war so. Ihr Bruder aber hatte sich freiwillig ins Abseits begeben, und sie fühlte, daß er litt und keine Worte fand, während er immer noch lächelte, wenn sie sich in der Besucherzelle gegenübersaßen und versuchten, sich gegenseitig die Angst zu nehmen. Es schien wie ein Spiel, aus dem unterderhand bitterer Ernst geworden war. Sie ging auch nach Preungesheim in das Frauengefängnis zu Gudrun Ensslin. Sie brachte Grüße und nahm Grüße mit zwischen ihr und Andreas Baader, wurde Botin, wurde Vertraute und erlebte den Beginn einer Bindung, die für sie nach und nach eine Ortsbestimmung wurde.

Der Prozeß begann. Er wurde wichtiger und interessanter, als die Tat es je gewesen war. Der Anwalt Horst Mahler hatte zuvor im Sozialistischen Deutschen Studentenbund in Frankfurt versucht, über eine politische Unterstützung zu verhandeln, was aber abgelehnt wurde. Es waren die liberalen Medien, die sich der Angeklagten annahmen. Sie stellten die Sache in einen politischen Zusammenhang, der sich im wesentlichen an der Geschichte von Gudrun

Ensslin orientierte. Sie war die einzige, die eine politische Vergangenheit vorweisen konnte. Bei ihr war eine Entwicklung nachvollziehbar, die von der Auseinandersetzung mit dem deutschen Faschismus, mit der Wiederbewaffnung und den Ostermärschen der fünfziger Jahre über die Studentenbewegung bis hin zu dem Kaufhausbrand in der Frankfurter Innenstadt führte. Sie war die einzige, die dem Ganzen durch ihre protestantische Moral eine Bedeutung geben konnte, die verstanden wurde.

Niemand hatte ein solches Urteil erwartet: drei Jahre. Sie war auf dem Weg zurück nach Berlin, als sie im Autoradio hörte, daß die Angeklagten aus der Haft entlassen worden waren. An der nächsten Ausfahrt kehrte sie um und traf ihren Bruder und seine Freunde in Frankfurt auf der Wiese vor einem Studentenheim. Etwas länger als ein Jahr hatten sie in Untersuchungshaft gesessen. Nach dem Urteil waren die Anwälte in Revision gegangen. Die restliche Strafe von knapp zwei Jahren war zunächst ausgesetzt worden. Das bedeutete Freiheit auf Zeit – eine Zeit, in der die Verurteilten eine Bewegung in Gang setzten, die als Heim- oder Lehrlingskampagne einen Platz in der Geschichte der Studentenbewegung einnimmt.

Andreas Baader hatte große Pläne. Die Frankfurter Linke war sehr auf die Universität ausgerichtet. Er, der nicht von der Universität kam, wollte seine eigene politische Existenz, sein eigenes Haus bauen. Er war in einer fremden Stadt und fragte sich ganz konkret: Was habe ich erfahren, was kann ich hier damit tun? Er verband seine Tatkraft mit dem Idealismus und der Entschlossenheit von Gudrun Ensslin. Die Erfahrungen im Gefängnis hatte beider Augenmerk auf Menschen gerichtet, die in dieser Gesellschaft keine Chance hatten, die nicht wie die Studenten aus bürgerlichen Familien kamen und wieder dorthin zurückkehren konnten. Es waren Menschen, denen niemals freiwillig etwas vom Wohlstand abgegeben wurde, die sich nehmen mußten, was sie brauchten, und zwangsläufig in Gefängnissen und Erziehungsheimen landeten. Sie hatten als sogenannte Randgruppen der Gesellschaft in die allgemeine Diskussion Eingang gefunden. Ulrike Meinhof hatte sich zur gleichen Zeit als Journalistin Zutritt zu Mädchenheimen verschafft, wo die Zustände noch schlimmer waren als bei den Jungen und den Mädchen gar nichts mehr blieb außer Tütenkleben. Die Frankfurter «Lederjackenfraktion», die außerhalb der Universität agierte, hatte sich ebenfalls seit einiger Zeit mit Lehrlingen beschäftigt, die in städtischen Lehrlingsheimen untergebracht waren. Vor diesen Ausbildungsheimen aber lagen die Erziehungsanstalten. Manche hatten von dort den Schritt in die Ausbildungsheime geschafft, die meisten nicht. Jetzt wurden die Lehrlinge und Heimzöglinge zu revolutionären Subjekten erklärt. Das ihnen innewohnende kriminelle Potential sollte in eine produktive Richtung gelenkt werden.

Für sie begann eine Zeit, in der sie sich zum erstenmal als Lernende begriff. Nie zuvor hatte sie den Anforderungen, die an sie gestellt wurden, genügen können. Sie war nicht nur aus der Schule geflogen, sie war auch aus allem herausgefallen, was normal war. In Berlin war sie in ein riesiges Auffangbecken von Außenseitern eingetaucht, die auf der Suche waren wie sie selbst. Jetzt aber war sie Menschen begegnet, an denen sie sich orientieren konnte, die sie mit einbezogen auf ihrem Weg, der ein Ziel hatte. Sie nahm teil an einer politischen Diskussion, die auch sie und ihr eigenes Leben anging. Sie gehörte dazu. Gudrun Ensslin und Andreas Baader nahmen eine Rolle in ihrem Leben ein, die der von Eltern glich, die sie sich immer gewünscht hatte. In ihren Niederlagen sahen sie eine Stärke, sie standen auf ihrer Seite, und sie schloß sich ihnen ganz und gar an.

Sie kamen mit einem Lehrling in Kontakt, der den Schritt aus der Erziehungsanstalt Staffelberg in eines der Lehrlingsheime in Frankfurt geschafft hatte. Über ihn verfolgten sie den Weg zurück. Alles, was Gefängnissen ähnelte, galt es zu bekämpfen. «In die Knäste müssen wir», hatte Andreas Baader gesagt, und sie erschienen in einem buntgewürfelten Haufen am Samstag nachmittag, wenn die Heimzöglinge frei hatten, vor den Toren von Staffelberg und nahmen Kontakt mit den Jugendlichen auf. Unter der Devise «Kampf dem kapitalistischen Erziehungssystem» ging es um konkrete Fragen. Sie hatten Forderungen ausgearbeitet – mehr Ausgang, anständige Ausbildung, angemessene Bezahlung, lange Haare, Mädchen aufs Zimmer –, die sie mit dem Megaphon dem Anstaltsleiter über die Mauer zuriefen. Sie brachten den Jugendlichen die Vorstellungen eines freien, selbstbestimmten Lebens nahe, allerdings in dem Glauben, daß die Jugendlichen dort, wo sie waren, für diese Vorstellung kämpfen würden. Das Projekt zog in kurzer Zeit eine ungeheure Aufmerksamkeit auf sich, deren Folge eine Massenflucht aus den Heimen war. Auf einmal kamen sie alle nach Frankfurt, verteilten sich auf die Wohnungen von Sympathisanten und aßen deren Kühlschränke leer. Von überall kamen Jugendliche, die auf Trebe waren, in der Hoffnung, bei ihnen Unterschlupf zu finden. Viele konnten legalisiert werden, denn es wurde auch den Institutionen klar, daß man andere Formen finden mußte, als sie einzusperren. Sie trafen sich in Kommunen und Wohngemeinschaften, die halböffentliche Orte waren, und hielten jeden Tag ein Plenum ab. Sie verwaltete die Kasse und gab täglich Taschengeld an die Jugendlichen aus, damit sie nicht stahlen. Es wurde ständig diskutiert – mit Erziehern, Sozialarbeitern, Studenten, Professoren, allen, die sich mit Erziehung befaßten. Erziehung war der Kernpunkt, von dem aus die Gesellschaft betrachtet wurde, von ihr ging alle Hoffnung auf Veränderung aus. Es wurden Lehrlingswohngemeinschaften gefordert. Die Davongelaufenen mußten untergebracht werden. Das Geld, das der Heimplatz gekostet hätte, sollte in die Lehrlingswohngemeinschaften fließen, und es galt zu verhandeln mit Jugendämtern, Sozialämtern und Wohlfahrtsverbänden. Sie waren vierundzwanzig Stunden, Tag und Nacht, damit beschäftigt, Geld aufzutreiben und alles zusammenzuhalten, immer umringt von einer Meute von Jugendlichen, die zu allem bereit waren. Wenn sie neben dem fünfzehnjährigen Jungen, der aus einem Heim im Norden gekommen war und alles tat, um geliebt und angenommen zu werden, nachts in einem Bett schlief, war sie Frau, Mann, Mutter, Schwester und vor allem revolutionäres Subjekt. Sie fühlte sich verbunden mit ihm, auch wenn sie aus einem wohlhabenden Elternhaus kam und in teuren Internaten gewesen war, ohne daß sie sich ihm gleichsetzte. Sie hatte das Ausgestoßensein erlebt. Sie konnte sich die Aussichtslosigkeit vorstellen, wenn am Ende des Weges kein Vater wartete, dessen Geld immer noch eine Tür öffnete.

Dann wurde die Revision verworfen. Keiner hatte damit gerechnet, denn die Arbeit mit den Heimzöglingen und Lehrlingen wurde in der Öffentlichkeit als eine Art Resozialisierung der Angeklagten gewertet. Die Angst vor dem Gefängnis begann sofort. Morgen, dachten sie, würden sie verhaftet. Sie fühlten sich sofort verfolgt. Die Angst stand jetzt im Raum und bestimmte alles. An ihr wuchs die Staatsmacht zur riesigen Gefahr. Zwei Jahre Gefängnis wurden zur unüberwindbaren Hürde, vor der sie die Flucht ergriffen. Zwei Jahre erschienen ewig, so ewig, daß kein Gedanke so weit in die Zukunft hätte reichen können, um die zwei Jahre vergehen zu lassen. Gudrun Ensslin war die einzige – außer dem vierten Angeklagten, der aber einen eigenen Weg ging –, die der noch verbleibenden Zeit im Gefängnis ins Auge sehen konnte. Sie hätte sie in ihrer protestantischen Moral hinter sich gebracht. Sie konnte mit einer Beschränkung fertig werden, die für die Männer, da sie wieder in Freiheit waren, eine Beschneidung ihrer Identität bedeutete. Jetzt kamen viele Menschen, die Ratschläge bereithielten, wohin zu fliehen sei. Von Schweden bis Algerien, alles wurde in Erwägung gezogen, aber es mußte ein Ort sein, an dem gekämpft wurde, und so führte die Angst vor zwei Jahren Gefängnis auf einen Weg, der ohne Wiederkehr war. Der Anfang vom Ende liegt hier. Alles wäre anders geworden, wenn es nicht diese Angst gegeben hätte und wenn das Gericht in Frankfurt eine Brücke zu seinen Gegnern hätte schlagen können, als sie noch keine Feinde waren.

Für die Jugendlichen in Frankfurt war es ein Schock, als Gudrun Ensslin und Andreas Baader plötzlich verschwanden. Sie hatten sich ihnen innerlich und äußerlich anvertraut. Mit ihnen hatten sie an einer Perspektive ihres Lebens gearbeitet und wurden von heute auf morgen allein gelassen. Die Ereignisse überschlugen sich und ließen keine Zeit zum Nachdenken. Ein Unternehmen, das so kraftvoll begonnen hatte, ging zugrunde, weil es ausschließlich an zwei Personen gebunden war, die Leidenschaft, Erfahrung und die Fähigkeit besaßen, Menschen eine Hoffnung zu geben, die die Gesellschaft ihnen verweigerte. Ihr Bruder ging noch mit nach Paris. Sie wurden über die grüne Grenze gebracht und kamen in einem Apartment unter, das einem einstigen Weggefährten von Che Guevara gehörte. Sie hatte Pässe besorgt, bei einem Fälscher ihre Fotos einsetzen lassen und kam mit einem alten Mercedes nach. Die Schwäche für Autos teilte sie mit Andreas Baader, der am liebsten in einem großen amerikanischen Wagen herumgefahren wäre, während er in anderen Dingen spartanisch und rigide war. Beim Auto wurde er Opfer eines Bildes, das er von sich selber hatte. In Paris verließ sie ihr Bruder. Damit löste sich die letzte Bindung an ihre Familie. Sie hatte nicht geahnt, daß er sich von ihnen trennen und seinen Weg allein gehen würde, und daran spürte sie, daß sie sich innerlich schon lange von ihm weg und den beiden anderen zugewandt hatte.

Ihr Bruder ging nach England und lebte eine Weile im verborgenen. Dann kehrte er nach Deutschland zurück und saß seine

Strafe ab. Sie machte sich mit dem Paar auf den Weg nach Italien. Sie gehörte zu ihnen, fühlte sich so mit ihnen verwoben, daß sie sich nicht lösen konnte und es auch nicht wollte. Ihre Rolle veränderte sich. Sie begann das Leben der beiden zu organisieren. Andreas Baader bewegte sich auf fremdem Boden kleinlaut und unbeholfen. In der Fremde zu sein war eine Erfahrung, die sie ihm voraushatte.

Sie fuhren ins Ungewisse. Trotzdem gerieten sie zunächst in eine fast euphorische Stimmung. Die Welt lag vor ihnen, wenn auch nicht ohne Gefahr. Die Ereignisse gaben ihnen eine Bedeutung, die ihre Schritte lenkte. In Zürich trafen sie sich mit einem älteren Buchhändler, der unter den Linken berühmt war, und mit einem Autor, der ein begeistertes Buch über die chinesische Kulturrevolution geschrieben hatte, das sie mit ebensolcher Begeisterung lasen. Da waren junge Chinesen, die frischen Wind in die festgefahrene Parteibürokratie bringen wollten, indem sie alles Alte zerschlugen. Das gefiel ihnen. Sie sammelten Adressen von Menschen und Orten, wo sie bleiben konnten. Von Zürich fuhren sie nach Mailand. An dem Tag, an dem sie dort ankamen, war eine Bombe in der Landwirtschaftsbank explodiert, Menschen waren umgekommen, eine Tat, für die der Tänzer Valpreda später viele Jahre unschuldig im Gefängnis saß. Man drängte sie, die Stadt sofort zu verlassen. Sie fuhren weiter nach Rom, wo sie Kontakt zu deutschen Schriftstellern aufnahmen, die dort lebten. Sie blieben eine Weile. Es wurde Weihnachten. Sie hatte sich Weihnachten in einer italienischen Familie vorgestellt, mit Kindern, Geschenken und Festessen. Das Paar wurde eingeladen, sie blieb allein. Sie begann, die andere Seite des Lebens auf der Flucht zu spüren, jene Seite, die nicht mehr großartig, nicht mehr heldenhaft war. Der Alltag hatte begonnen, und die Euphorie, mit der sie die Wege der beiden zu Beginn zu schützen versucht hatte, blieb allmählich auf der Strecke. Zu beiden hatte sie, wenn sie ihnen einzeln begegnete, eine sehr enge Beziehung, sobald sie aber als Paar auftraten, umschloß sie ein undurchdringlicher Gürtel; darin lebten sie mit einer Intensität, an der niemand teilhaben konnte.

In Rom waren sie von Sympathisanten aufgenommen worden, aber es gab nur Platz für zwei. Sie wurde ausquartiert und geriet in ein konspiratives Apartment am Stadtrand, das sie mit einem untergetauchten Südamerikaner teilte, der den ganzen Tag Comics las. Auf der einen Seite war das Abenteuer, der Mut, die Herausforderung, Bilder einer neuen Welt – auf der anderen Seite die Wirklichkeit mit Herumsitzen in leeren Neubauwohnungen, Warten und Langeweile. Da spürte sie, wie sehr sich das Leben aus den kleinen selbstverständlichen Dingen speist, die einfach nur geschehen, und wie arm es wird, wenn man nur noch einer großen Linie folgt. Illegal sein hieß, einsam und wieder ausgeschlossen zu sein.

Sie bewegten sich weiter Richtung Süden. Sie kamen nach Sorrent. Tagsüber besorgte sie etwas zu essen, während sich das Paar liebte. Nachts wurde diskutiert. Es wurde kalt. Sie hockten um einen Gasofen. Sie aß tütenweise Bonbons, bekam Zahnschmerzen, mußte sich einen Zahn ziehen lassen und war auch mit ihrem Körper sehr allein. Schließlich kamen sie nach Sizilien zu einer Gruppe von Menschen, deren Dörfer von einem Erdbeben zerstört worden waren. Jahrelang hatten sie Eingaben an die Regierung geschickt und um Unterstützung gebeten. Nie war etwas geschehen, und so hatten die Dorfbewohner beschlossen, ihr Leben von der Hauptstadt loszulösen. Sie bauten Baracken und organisierten eine unabhängige Dorfgemeinschaft mit eigener Schule und Selbstversorgung. Die jungen Männer verweigerten den Militärdienst. Sie hatten Witz und Phantasie und zogen von Zeit zu Zeit mit Zelten nach Rom, um auf sich aufmerksam zu machen. Später wurden die Kinder von Ulrike Meinhof für kurze Zeit dort untergebracht, weil Ulrike Meinhof hoffte, sie dort wie in einem befreiten Land noch sehen zu können, während sie selbst auf der Flucht war. Aber es gelang ihr nicht.

In Palermo wurde der Koffer von Gudrun Ensslin aus dem Auto gestohlen, in dem sie alle Briefe aufbewahrte, die sie und Andreas Baader sich im Gefängnis geschrieben hatten. Da schrie er los, schrie seine Geliebte an, wie leichtsinnig sie sei, man sei hier nicht zum Vergnügen, man sei auf der Flucht. Sie aber hatte etwas bewahren wollen und trug diese Briefe mit sich wie einen geheimen Schatz, der ihre Liebe offenbarte. Jetzt waren sie in fremde Hände geraten, vielleicht schon fortgeworfen, da ohne Wert, konnten gefunden werden auf irgendeiner Müllkippe. Vom Zufall aufgedeckt und entschlüsselt, würden sie die Spur auf sie lenken, auf sie, die Verfolgten. Wieder bauten sie die Gefahr um sich herum auf, bauten sie höher und höher bis zur Unüberschaubarkeit. Die Gefahr folgte ihnen bis zum südlichsten Punkt Siziliens, wo die Schiffe den Kontinent in Richtung Afrika verließen. Dort saß er am Strand und sprach. Sprach von dem, was er vorhatte, was er tun wollte, sprach von dem Großen, dem Illegalen, dem Militanten ... «und dann kommst du in den Knast und bist zehn Jahre drin und wirst es nicht aushalten ...», und er hämmerte auf sie ein, forderte sie heraus, um ihr zugleich zu zeigen, daß sie es nicht schaffen, nicht durchhalten würde, dieses Große, dieses Militante. Er zog sie hinein in seine Vision und zog sich selbst daran heraus aus der Ereignislosigkeit und Langeweile, die nur noch von der Beschwörung der Gefahr durchbrochen wurde. Die Gefühle stimmten nicht mehr. Die wahre Verzweiflung blieb verdeckt. Nachts hatte sie Alpträume. Es war, als ob sie alles schon vor sich sehe, den ganzen schrecklichen Weg, und doch nicht von ihm abweichen könne.

Sie fuhren zurück nach Rom. Aus Berlin kam ein Bote, der eine illegale Gruppe aufbauen und sie nach Deutschland zurückholen wollte. Es wurde diskutiert. Nächtelang wurde beredet, wie, wo und wann das Paar über die Grenze gehen würde, bis sie eines Nachts in den Alfa Romeo stieg, den sie auf dem Hinweg gestohlen hatte und der immer noch dort stand, wo sie ihn Wochen zuvor zurückgelassen hatte. Sie fuhr, ohne ihnen auf Wiedersehen gesagt zu haben, nach Deutschland, fuhr unbehelligt über zwei Grenzen nach Frankfurt und war wieder zu Hause – bis der Anruf von Ulrike Meinhof aus Berlin kam, sie würde gebraucht.

März 1970. Sie kehrte zu dem Paar zurück. Wieder war sie die Dritte im Bunde, die von ihnen gebraucht wurde und an der Kraft ihrer Gedanken und Pläne teilhatte. Die Vorahnung am Strand von Sizilien war verflogen. Es gab etwas zu tun. Sie stürzten sich in Aktivitäten. Andreas Baader wollte weiter und riß sie mit. Er forderte, daß sie Stellung bezog. Er hatte etwas Rebellisches, Direktes, Besessenes, fast Brutales, aber ebenso Faszinierendes, mit dem er sie wieder ganz in seinen Bann schlug. Er forderte Entschiedenheit und schien den Weg zu einem Ziel zu kennen, für das sich die Anstrengung lohnte. Er, der aus dem Bürgertum stammte, verfügte über das, was die Engländer «street credibility» nennen. Es war keine Pose. Es entsprang seinem leidenschaftlichen Interesse am Menschen. Er hatte den Machtwillen und die Lust, sich mit anderen zu messen. Mit allen setzte er sich auseinander, mit seinen Feinden, seinen Kritikern und mit denen, die ihn bewunderten. Er war immer im Gespräch, immer in der Diskussion. Er agierte vorn, lautstark, provozierend, herausfordernd. Wenn er nicht mehr weiterkam, erschien Gudrun Ensslin wie aus dem Hintergrund, schärfer, intellektueller und zugleich verbindlicher als er. Als Paar aber verfügten sie über die ganze Bandbreite von Argumenten, die sie ins Spiel bringen konnten.

Es gab bereits eine Gruppe von sechs oder sieben Personen. Die Gruppe wurde von Frauen beherrscht. Die Frauen waren stärker, weil sie besser miteinander umgehen konnten. Sie waren auf vielfältige Weise aneinander gebunden, was ihnen eine größere Kraft gab als den Männern. Ulrike Meinhof war zwar ebenso von dem Paar angezogen wie sie, korrespondierte aber auf ganz andere Weise mit Gudrun Ensslin. Beide Frauen hatten damals eine tiefe Achtung voreinander. Sie hatten sich gegenseitig in ihren Fähigkeiten erkannt, so verschieden sie auch waren. Ulrike Meinhof war sensibel und nachdenklich, eine sich ganz langsam bewegende Gestalt. Sie kam immer als letzte, überlegte immer ganz lange, weil ihr noch dieses oder jenes in den Sinn kam, was es zu bedenken galt. Sie war eine Frau, die ihr größtes Vertrauen einflößte, eine Frau, die zu ihr hielt.

Die Männer machten Transformationen durch, die in ihrer äußeren Erscheinung sichtbar wurden, und hatten das Bedürfnis nach Bekenntnis. Sie erlagen der Faszination der Waffe, die sie als Feind des Staates auswies und mit einem Schlag auf die andere Seite warf. Die vorher im Gewand der Rebellion herumgelaufen waren, stiegen in Anzüge. Die, die Anzüge getragen hatten, zogen schwarze Rollkragenpullover an. Jeder aber schleppte auf seine Weise seine Geschichte mit sich herum, und viele kehrten am Ende dorthin zurück – wenn das, woher sie kamen, über das siegte, wohin sie wollten.

Es ging jetzt darum, sich zu bewaffnen. Sie hörten von Pistolen, die auf einem Friedhof in Buckow vergraben sein sollten. Nachts fuhren die Männer dorthin, um sie auszugraben. Der Verrat fuhr mit. Andreas Baader wurde von der Polizei angehalten und sofort mit «Herr Baader» begrüßt. Wieder lagen die zwei Jahre vor ihm, die zu lang waren. Zu lang für ihn, zu lang für Gudrun Ensslin, die sich tagsüber mit falschen Papieren Zugang verschaffte zu dem Mann, den sie liebte; Nacht für Nacht saß sie mit gebeugtem Rükken und schrieb Briefe, während sie sich immer mehr zusammenzog und mit Einsamkeit umhüllte. Zu lang aber auch für die, die ihr nahe waren und sahen, wie sie litt. Zu lang für alle, die keine Zeit hatten und nicht warten konnten. Alles mußte jetzt geschehen, heute, denn heute fühlten sie sich mit den Revolutionsbewegungen der ganzen Welt verbunden, heute und nicht irgendwann.

Es war eine Herausforderung. Der Plan, daß Andreas Baader ein Buch über die Frankfurter Heimzöglingskampagne schreiben sollte, bei dem Ulrike Meinhof, die Journalistin, ihm zur Seite stehen würde, schien auch den Justizbehörden einleuchtend. Man würde ihn in eine Bibliothek ausführen, und dann holte man sich den Mann wieder, den man brauchte. In der Gruppe aber hatte eine Gestalt mit kriminellem Hintergrund Eingang gefunden, ein Profi. Er machte klar: Die Beamten, die bei der Ausführung dabeisein würden, würden bewaffnet sein. Ohne daß sie selber eigene Waffen trügen, sei keine Befreiung zu schaffen. Sie stimmten zu. Die Folgen waren furchtbar. Der Profi verlor die Nerven. Die Schüsse verletzten einen Bibliotheksangestellten schwer. Alles geriet außer Kontrolle. Sie hatte maßlose Angst. Es heißt immer, die Angst würde weniger, aber sie wurde größer und größer und beherrschte sie von Mal zu Mal mehr. Sie versuchte, sie zu verdrängen, so wie sie die Wahrheit zu verdrängen versuchte, die eine Freundin aussprach: Bald werdet ihr alle tot oder im Gefängnis sein. Die Freundin hatte recht. Der erste Tod kam, und es nahm kein Ende. Mit einem Schlag wurden alle illegalisiert, aber Ulrike Meinhof, das war das schlimmste, wurde sofort öffentlich zur Fahndung ausgeschrieben. Ihr Foto hing am nächsten Tag als Steckbrief mit Belohnung an den Litfaßsäulen. Sie, die gar nicht hatte mitgehen wollen, die sich nie von ihren Kindern hatte trennen wollen, die bekannte Journalistin, die wissend an der Befreiung mitgewirkt hatte, sie wurde aus der Gruppe herausgegriffen und gejagt. Der Schuß auf den Bibliotheksangestellten, der sich in den Weg stellte, machte aus der Gefangenenbefreiung einen Mordversuch. Es gab keine Version mehr, wie

Ulrike Meinhof hätte aus der Sache herausgehalten werden können. Sie war mit den anderen aus dem Fenster geflüchtet und hatte sich damit zu der Gruppe bekannt, die bereits Teil ihres Lebens geworden war. Sie konnte nicht mehr zurück. Als sie sich zwei Tage später wiedersahen, hatte sie ihre langen braunen Haare unter einer Perücke verborgen.

Jetzt wurden alle möglichen Formen von Illegalität diskutiert. Es sollte ein allmählicher Verwandlungsprozeß sein. Sie wollten nie so von allem abgeschnitten sein, wie es dann sehr bald der Fall war. Die Verbindung zur außerparlamentarischen Bewegung sollte bleiben. Nach der Befreiung von Andreas Baader mußten sie eine Erklärung abgeben. Aber der Schuß war nicht zu rechtfertigen. Er war nicht nötig gewesen, selbst wenn man Waffen als Druckmittel einzusetzen bereit war. Da sie keine guten Gründe anführen konnten, traten sie die Flucht nach vorn an und propagierten den Aufbau der «Roten Armee». Mit dem Schuß aber waren die Weichen gestellt, und er erwies sich als ein gravierender Fehler, der schließlich die ganze Gruppe in die Illegalität trieb. Die Waffen veränderten die Situation. Wenn man sie hatte, konnte jederzeit geschehen, was geschehen war. Es sollte zwar nicht heißen: Wir schießen drauflos. Aber es hieß: Wir meinen es ernst. Keine der Frauen konnte mit einer Waffe umgehen, selbst wenn sie sie in der Handtasche herumtrugen. Sie hatte keine Handtasche, aber sie trug die Waffe unter der Jacke und zuckte zusammen, wenn sie bei einer Bewegung an das Metall stieß. Sie dachte nicht an die Möglichkeit, sie zu benutzen, und sie war sich sicher, daß sie einen Ausweg finden würde. Es ging darum, eine Rolle zu übernehmen, und sie gewöhnte sich daran. Die Waffe sollte der Verteidigung und nicht dem Angriff dienen, aber sie markierte die Trennungslinie zu den anderen linken Gruppen. Das war entscheidend. Die Waffe wurde zum Zeichen.

Nachdem Andreas Baader befreit worden war, saßen sie einen Monat unschlüssig in Berlin herum und diskutierten die nächsten Schritte. Ein Mitglied der Gruppe hatte Kontakt zu einem Palästinenser und kam mit dem Angebot, daß sie nach Jordanien gehen konnten, um einerseits ein wenig Luft zu holen und andererseits eine Ausbildung in einem Lager zu machen. Sie wurden mit neuen Pässen ausgestattet und gingen als blonde, braune, hellhäutige Palästinenser an der Friedrichstraße über die Grenze. Von Schönefeld aus flogen sie nach Damaskus. Dort wurden sie in eine Wohnung gebracht, in der sie ein Kämpfer der El-Fatah sofort in der Handhabung einer Kalaschnikow unterwies. Sie kamen nach Amman in ein Lager. Der Kommandant war Franzose und hatte in Algerien gekämpft. Männer und Frauen sollten getrennt wohnen. Es kam zum ersten Konflikt. Andreas Baader setzte sich durch: Wir sind eine Gruppe und bleiben zusammen. Alle, auch die Männer, waren völlig unsportlich. Keiner war je in einem Sportverein gewesen. Sie kamen deutsch und eifrig in ein fremdes Land, in einen Ausnahmezustand, wollten alles lernen und warfen sich unbeholfen ins Nahkampftraining. Morgens keuchten sie durch das Lager, dann wurde ein wenig geschossen und anschließend durch Schlamm gerobbt. Aber es nützte ihnen nichts, wenn sie durch Schlamm und Dickicht robbten. Sie mußten Banküberfälle üben und bekamen schließlich einen Spezialisten für Stadtkampf zugewiesen, der mit ihnen einen Überfall durchspielte.

Sie aßen besseres Essen und wohnten in besseren Häusern als die El-Fatah-Kämpfer. Nicht wenige der Palästinenser bewunderten Hitler. Manchmal fuhr man sie sonntags mit dem Jeep durch die Stadt, und sie durften die Kalaschnikow halten. Als sie in ein Schwimmbad gebracht wurden, fiel Andreas Baader mit seiner modischen Badehose, die ihm Gudrun Ensslin noch bei Selbach in Berlin gekauft hatte, so sehr auf, daß sie danach nur noch an einen

Fluß zum Baden gingen. Es gab entsetzliche, mörderische Machtkämpfe um einen aus der Gruppe, der nicht mehr mitmachen wollte. Wieder war es Andreas Baader, der die Gruppe rücksichtslos, aber kraftvoll zusammenschweißte und ihr eine Struktur aufzwang, durch die es gelingen mußte, der zukünftigen Gefahr standzuhalten. Dabei mußte sich jeder einzelne mit seiner individuellen Geschichte der Gewaltsamkeit des neuen Kämpferbildes aussetzen. Und doch war die Zeit in dem Lager wie die Ruhe vor dem Sturm. Der Kampf, der in diesem fremden Land geübt wurde, war ein anderer. Der ihrige war noch fern, ein Spiel, dem man noch entweichen konnte. Ulrike Meinhof wurde den Gedanken an ihre Kinder nicht los. Sie waren inzwischen von Freunden in die Dörfer nach Sizilien gebracht worden. Sie wollte zu ihnen, aber ihr Wunsch fand kein Echo bei den anderen, von denen einige ebenso ihre Kinder zurückgelassen hatten.

Nach sechs Wochen kehrten sie nach Berlin zurück. Sie brauchten Geld für ihre neue Existenzform und bereiteten die ersten Banküberfälle vor. Bevor sie nach Jordanien gefahren waren, hatten sie sich, wenn auch sehr verdeckt, noch in ihrem Freundeskreis bewegen können. Sie hatten Menschen, die sie kannten, noch nicht in dem Maße für ihre Zwecke eingesetzt, wie sie es später taten, als die Gruppe erbarmungslos gejagt wurde. Jetzt mußte sie Abschied nehmen vom eigenen Leben. Sie konnte nicht mehr sagen: Ich gehe nach Hause. Sie hatte keinen Kontakt mehr zu ihrem Vater, der mit seinen Häusern beschäftigt war, kaum fernsah und wenige Menschen außer Bauherren und sozialdemokratischen Bürgermeistern kannte. Er wollte nicht wissen, was sie tat, bis eines Tages die Polizei zu ihm kam. Auch ihre Mutter fragte nicht. Sie hatte kein Zuhause mehr – wie auch immer es gewesen war.

Von ihrem bisherigen Leben abgeschnitten, saßen sie in irgendwelchen Wohnungen herum. Nach der Befreiung von Andreas

Baader hatte es noch einige Mitglieder der Gruppe gegeben, die nicht gesucht wurden. Die gingen abends in Kneipen, hörten sich an, was man über die Gruppe erzählte, und wurden unendlich beneidet. Ulrike Meinhof schrieb das Papier «Die Rote Armee Fraktion/das Konzept Stadtguerilla». Die Gruppe hatte jetzt einen Namen. Ihre Existenz war definiert, und es wurde immer enger um sie. Niemand machte sich klar, was das bedeutete. Sie ahnte, daß es so nicht stimmen konnte, aber sie sprach es nicht aus. Sie ließ sich ein auf die Zwischenwelt, in der sie jetzt lebte, in der man Teil des Problems oder Teil der Lösung war. So gedacht, schien alles ganz einfach, schwarzweiß. Das wichtigste war, die Gruppe so aneinander zu binden, daß sie nicht zerbrechen konnte. Jede Situation sollte durch den Einsatz von jedem für jeden lösbar sein. Das gab Mut und Kraft, zu tun, was sie sich vorgenommen hatten – sich mit allen Fasern ihres Seins dem Bild eines Menschen anzunähern, der alles gibt für den Kampf um eine bessere Welt. Die bessere Welt aber, die sie nicht beschreiben konnten, rückte unmerklich immer weiter in die Ferne, während die Arbeit an dem Bild, das sie von sich selbst entworfen hatten, ihre ganze Kraft erforderte. Sie mußten alles lernen. Alles war neu. Nichts gab es, auf das sie hätten zurückgreifen können, außer revolutionären Theorien aus anderen Zeiten und anderen Ländern. Ständig kritisierten sie sich gegenseitig, immer versuchten sie besser zu werden, sich zu verändern. Es war, als ob sie sich etwas ganz Fremdes aneigneten, so, als ob sie Latein lernen und damit durchs Leben gehen müßten. Es war wie ein Weg durch den Nebel. Die klare Sicht war mühsam und schwer.

Nach der Befreiung von Andreas Baader hatten sie ihre alten Pässe ins Feuer geworfen und sich falsche Papiere besorgt, als Vorgriff auf die neue Identität. Die gesamte Kerngruppe wurde erst nach einer Weile öffentlich zur Fahndung ausgeschrieben. Es war ein allmählicher Vorgang, der sie alle nach und nach an die Litfaßsäulen brachte. Zuerst fiel das Verschwinden auf, und es wurden Anhaltspunkte für Kontakte gesucht. Dann wurde verdeckt gefahndet und schließlich öffentlich nach ihnen gesucht. Jetzt mußten alle ihr Äußeres verändern.

Als sie zwei Jahre zuvor nach Berlin gekommen war, war es wichtig gewesen, aufzufallen. Sie wollten provozieren und drückten durch Kleidung aus, wohin sie gehörten. Jetzt mußte alles rückgängig gemacht werden, und ihre Kleidung sollte wieder ausdrücken, woher sie kamen, ohne daß sichtbar wurde, wohin sie wollten. Das bürgerliche Milieu, das sie kannten, sollte ihr Schutz werden. Sie verließen die Subkultur, die ihnen den Weg geebnet hatte. Das Doppelleben, das sie jetzt führten, hatte etwas vom Kino Entliehenes – die teuren, nur mit einer Matratze eingerichteten Apartments, die sie schnell mieteten und wieder verließen, die Flüchtigkeit dieses neuen Lebens, von dem es keine Spur geben durfte. Sie tauschte ihre alte Lederjacke gegen eine neue ein. Unter dem Vorwand der Sicherheit wurden auch langgehegte Träume verwirklicht, und sie kaufte sich eine Lederhose. Sie war nicht so verwandelbar wie die anderen Frauen. An ihr wurde herumdekoriert, wie es schon ihre Mutter getan hatte. Die Perücke, die ihr verordnet wurde, trug sie nicht. Einmal ließ sie sich eine Dauerwelle machen, aber sie sah damit ganz besonders verkleidet aus. Sie blieb ein schwieriger Fall. Ihre Augen, die ihr ganzes Gesicht beherrschten, ließen sich nicht verändern.

Der Rückzug in den Mittelstand war teuer. Sie mußten wieder Geld beschaffen. Sie verdrängte ihre allgegenwärtige Angst und funktionierte. Es war eine Arbeit fast wie jede andere. Sie kam sich vor, als ob sie einen neuen Job angefangen hätte. Ständig war sie damit beschäftigt, irgendwelche Dinge irgendwohin zu tragen. Jeder war eingeteilt. Einer fälschte Pässe. Ein anderer kümmerte sich um Wohnungen. Der dritte operierte mit chemischen Mitteln herum. Der vierte schweißte Krähenfüße, die man bei der Flucht aus dem Autofenster werfen konnte, um Verfolger abzuhängen. Sie hielt nach Autos Ausschau. Sie kauften unzählige Schlösser und arbeiteten in den Wohnungen daran herum. Sie erfanden eine Art Korkenzieher, mit dem man, wenn man den Stift aus dem Zylinder herausgebohrt hatte, das ganze Zündschloß aus der Halterung ziehen konnte. Es war verabredet, daß drei Banken auf einmal überfallen werden sollten. Zwei davon konnte die Gruppe schaffen. Für die dritte war ein Zusammenschluß mit einer anderen Gruppe notwendig, der organisiert werden mußte. Die Tage waren voll. Eine Hauptbeschäftigung war das Auskundschaften von Banken und Fluchtwegen.

Die Überfälle im Spätsommer 1970 klappten ohne Zwischenfall. Zeitgleich, innerhalb weniger Minuten, wurden an drei verschiedenen Stellen in Berlin drei Banken ausgeraubt. Die Perfektion dieser Aktion gab ihnen für kurze Zeit das Gefühl der Überlegenheit – bis sie wieder ein Verrat einholte. Zehn Tage danach wurden sieben Mitglieder der Gruppe bei einem Treffen in einer konspirativen Wohnung in Berlin einer nach dem anderen von der Polizei eingesammelt. Keiner, der an diesem Tag die Treppen in der Knesebeckstraße 89 hinaufstieg, kam als freier Mensch wieder herunter. Sie hatte Glück, wie einige andere auch. Gudrun Ensslin, die von einer inneren Stimme gewarnt wurde, kehrte kurz vor dem Haus um. In Panik verließen sie ihre Schlupfwinkel und ließen alles zurück, was sie darin gehortet hatten. Jetzt öffneten auch die Leute, die sie zuvor unterstützt hatten, nicht mehr die Türen, wenn sie kamen. Die Angst wuchs. Die Verhaftung hatte alle, sie und ihre Unterstützer, entmutigt. Tagelang, nächtelang waren sie damit beschäftigt, die Spur des Verrats zurückzuverfolgen.

In der Nacht nach den Verhaftungen erlebte sie zum ersten Mal einen jener Zustände, die sie später so oft heimsuchten. Ihr wurde schwindlig, die Angst packte ihren ganzen Körper. Sie konnte die Angst nicht mehr beherrschen, konnte sich nicht mehr aufrecht halten. Sie versuchte nur noch, an einen Ort zu gelangen, wo sie sicher sein würde. Es war C., die sie in dieser Nacht aufnahm. Sie blieb bei ihr. Sie blieb einen Tag und eine Nacht. C. war schön. Alle Männer auf der Straße schauten ihr nach. Bei ihr suchte sie Schutz, floh in den Alltag ihres Lebens. Sie, die älter war, wußte, wie es ist, wenn man flieht. Sie war über Grenzen gegangen, war geflohen. Sie arbeitete in einer Fabrik und schrieb über das, was sie dort sah, über die Frauen, die Arbeiterinnen. C. bewegte sich in einer Welt, die ihr selbst völlig fremd war. Aber es war auch eine Welt wie die der Gruppe – wo man an der richtigen Stelle auf der richtigen Seite stand.

Als sie zurückkehrte, wurde sie mit Vorwürfen überschüttet. Während es um das Überleben der Gruppe ging, war sie in einer Liebe untergetaucht, die sie gefangennahm. Als C. Teil der Gruppe wurde, schnitt sie sich die Haare ab, weigerte sich aber immer, eine Waffe in die Hand zu nehmen. Sie kam und gab ihr den Schutz ihres Gefühls. Bis dahin hatte sie wie in einem Kokon gelebt. Sie war anwesend, aber wo sie mit ihren Gefühlen war, wußte sie selber nicht. Jetzt zeigte sie sich wirklich, und das verdankte sie dieser Liebe. Aber etwas ließ sie ahnen, daß C. nicht bleiben, daß sie gehen würde.

Ein großer Teil der Gruppe war inzwischen im Gefängnis, aber es kamen neue Leute hinzu. Wohnungen, Material und Autos mußten aufgegeben werden. Die Basis in Berlin war verbraucht. Es gab keine Schlupfwinkel mehr. Die Gruppe war in einen Ausnahmezustand geraten, in eine endlose Flucht. Die Jagd hatte begonnen. Sie mußten die Stadt verlassen. Einige waren direkt nach den Verhaftungen nach Frankfurt gegangen. Sie bewegten sich einzeln. In einer neuen Stadt Boden unter die Füße zu bekommen war schwer. Es wurde zur Hauptbeschäftigung, anzukommen, immer nur anzukommen, ohne bleiben zu können, anzukommen bei Menschen, die für kurze Zeit ihren Schutz anboten.

Sie lebte zwischen Aufbruch und Abbruch, ständig unterwegs zu Telefonzellen und Treffpunkten, um neue Treffpunkte auszumachen. Immer entstanden neue Gefahren, eine Waffe ging verloren oder eine konspirative Wohnung wurde entdeckt. Einmal wurde sie in einem gestohlenen Auto von der Polizei gestoppt und wies sich mit falschen Papieren aus. Sie trug eine Waffe, aber sie rechnete damals noch nicht mit einer Leibesvisitation. Es geschah in der Nähe einer Wohnung, die ihnen ein Schriftsteller zur Verfügung gestellt hatte. Vorgänge wie diese bedeuteten, daß sie das Auto stehenlassen, die Wohnung aufgeben mußte und einen neuen Paß brauchte. Das Auto war eine Doublette gewesen, Doppelgänger eines legal herumfahrenden Autos, dessen Papiere sie als Kopie hergestellt hatten, eine Methode, die sehr bald bekannt wurde und auf die Gruppe wies. Sie kamen zu nichts. Wegen einer einzigen Verkehrskontrolle waren sie gezwungen, alles neu zu organisieren. Es gab kaum noch Stunden, in denen sie zusammensaßen und sich über ihre Ziele Gedanken machten, wie sie es am Anfang getan hatten, als ihre Vorstellungen von Aktionen sich noch auf das bezogen, was sich in ihrer direkten Umgebung abspielte. Damals ging es nicht um Bombenanschläge und Entführungen wie später. Sie bewegten sich noch im Vorfeld, und es war ihr Glück, daß ihr Weg endete, bevor es keine Umkehr mehr gab.

Wochenlang waren sie in die logistischen Probleme des Überlebens verstrickt, ehe sie wieder den Faden einer irgendwann begonnenen Diskussion aufnehmen konnten. Sie mußten Geld und Autos beschaffen. Von Frankfurt schwärmten sie aus in andere Städte, um Autos zu besorgen. Während zwei aus der Gruppe an einem Auto hantierten, stand sie mit Ulrike Meinhof Wache. Aus der Ferne sah sie, wie sich die Polizei näherte. Es kam zu einer Schießerei, niemand wurde verletzt, und man brachte die Sache nicht mit ihnen in Zusammenhang. Nachts im Hotelzimmer starrten sie auf den Fernseher und warteten auf die Tagesschau.

Es gab zu tun. Zuviel, um nachzudenken. Sie war zu allem bereit. Das ist jetzt mein Leben, dachte sie. Die Menschen in der Gruppe waren die Weggefährten in die Zukunft. An sie band sie das Versprechen, alles zu geben – auch das Leben. Sie waren jung, alles lag vor ihnen, aber sie sahen es nicht. Das Unterwegssein, die Bewegung in der Gefahr waren berauschend. Wir tun es, dachten sie, solange es geht. Nur durch den Tod oder das Gefängnis kann dieses Leben beendet werden. Aus dem Gefängnis würden sie befreit werden. Den Tod drängten sie in die Ferne. Sie spannten ihre Flügel über die ganze Welt. Angola, dachten sie, oder Mozambique, dorthin gehen wir, wenn nichts mehr geht. Daß die Welt dort nicht besser war, wußten sie nicht. Sie hatten es noch nicht erlebt, wie sich Kämpfer in Sieger und wieder in Unterdrücker verwandeln. Sie dachten an Freiheit und gerieten in äußerste Unfreiheit.

Jeder hatte seine eigenen Vorstellungen davon, was es bedeutet, ein politischer Kämpfer zu sein. Jeder mußte herausfinden, welche Rolle er im Vorgriff auf die neue Welt spielen wollte und konnte. Sie wollte lernen. Es hatte mit den Menschen zu tun, auf die sie getroffen war. Wenn diese sie etwas anderes als den Kampf im Untergrund gelehrt hätten, wäre sie ebenso wißbegierig gewesen. Etwas in ihr war aufgebrochen, während sie sich in ihrer Schulzeit niemals etwas hatte aneignen können. Die Menschen, denen sie sich angeschlossen hatte, trugen ein Versprechen in sich, das sie bis dahin in niemandem gefunden hatte. In der normalen Welt hatte sie versagt. Das Versagen hatte sich zur Auszeichnung verkehrt. Jetzt gehörte sie zu einer Gruppe, die sich als bewaffnete Avantgarde im Kampf um eine bessere Welt verstand. Sie griffen den Staat an. Sie wollten ihn zwingen, sein wahres, verbrecherisches Gesicht zu zeigen. Sie betraten Neuland und formten sich nach einem Bild, das sie fernen Revolutionen und fremden Ländern entliehen hatten. Sie suchten nach Regeln und Gesetzmäßigkeiten, um ihre Schwächen zu besiegen. Aber im Ringen um das «neue Ich» gab es immer noch das alte Leben, das hindurchschimmerte, wenn sie sich auf der Straße unsichtbar zu machen versuchten. Was davon behalten und in der Außenwelt gezeigt werden durfte, war eine Frage des Ranges. Holger Meins hatte sein «altes Ich» wie ein Hemd abgelegt, wenn er wie ein Handelsvertreter langsam und unauffällig über die Landstraßen fuhr. Er legte es auch nicht wieder an, wenn sie sich abends in Wohnungen trafen und erleichtert die Perücken abwarfen. Er war ein einsamer und zugleich von allen geliebter Mensch, der sich von allen Äußerlichkeiten gelöst hatte. In dem engen und begrenzten Rahmen einer illegalen Gruppe hatte er seinen Weg gefunden, den er bis ans Ende ging. Sie orientierte sich an Andreas Baader und war in keine Rolle hineinzudrängen. Aber während er seine Regelverletzungen – Unfälle und auffälliges Autofahren – in revolutionäre Aktionen zu verwandeln imstande war und damit Maßstäbe setzte, blieb sie das schwererziehbare Kind, bei dem man kontrollieren mußte, ob es richtig geparkt hatte.

Um Weihnachten 1970 hielten sie sich in Stuttgart in drei verschiedenen Wohnungen auf. Eine davon war von ihnen selbst gemietet. Sie sollte ihr Stützpunkt sein. Sie verfügten jetzt über mehr Geld, weil sie wieder zwei Banken überfallen hatten. Auch wenn alle davongekommen waren, hatte es Fehler gegeben, die sie sich nicht leisten konnten, und es entstanden große Konflikte, die aus dem Verhalten einiger bei den Überfällen herrührten.

Zu Beginn des Jahres 1971 fuhr sie nach Frankfurt, um bei einem Treffen etwas entgegenzunehmen. An der Ecke Unterlindau/Bokkenheimer Landstraße, in der Nähe einer Wohnung, in der sie sich treffen wollten und die sie, weil sie ein ungutes Gefühl hatten, gleich wieder verließen, wurden Manfred Grashof und sie, während sie die Straße entlangschlenderten, plötzlich von zwei Männern angehalten, die Dienstmarken aus der Tasche zogen und nach ihren Ausweisen fragten. Die Männer waren zu Fuß gekommen. Sie gaben ihnen ihre falschen Pässe. Dann zog Manfred Grashof seine Waffe. Er ging auf die Männer los. «Hau ab!» raunte er ihr zu. Die Männer hoben die Hände. Manfred Grashof hielt sie in Schach. Sie lief los. Lief in Richtung Opernplatz die Bockenheimer Landstraße entlang bis zum Kettenhofweg. Sie konnte nicht rennen, aber sie rannte. Hinter ihr hörte sie Schritte. Auf der anderen Straßenseite sah sie Manfred Grashof, der ihr etwas zurief, was sie nicht verstand. Sie hörte Schüsse. Dann war sie allein und rannte immer noch. Die Schritte blieben hinter ihr. Jetzt rief eine Stimme: «Haltet sie, haltet sie, sie ist bewaffnet!» Leute kamen ihr entgegen. Sie rief: «Helft mir! Helft mir! Der will mich umbringen!» Gesichter, die sie anstarrten, flogen an ihr vorbei. Manchmal war er ganz knapp hinter ihr. Warum schießt er nicht, ging es ihr durch den Kopf, der muß doch schießen. Sie wartete auf den Schuß. Aber er kam nicht. Der Verfolger schoß nicht und holte sie auch nicht ein. Manchmal wechselte er die Straßenseite. Dann wieder liefen sie hintereinander. Es war Winter. Abends. Die Leute fuhren von der Arbeit in ihren Autos nach Hause. Sie lief durch den Verkehr auf die andere Seite der Mainzer Landstraße. Dann hatten sich die Schritte hinter ihr verloren. Sie lief, so weit sie konnte, und geriet in eine riesige Baustelle. Der Mann hinter ihr war verschwunden. Sie kletterte über mehrere Bauzäune, zog sich an einer Mauer hoch und kam auf ein Dach. Von dort kroch sie in einen Raum mit einer Luke. Es war eiskalt. Sie hockte sich in eine Ecke und versuchte, sich an ihrem eigenen Körper zu wärmen. Gegen Morgen gingen Lichter in den umliegenden Büros an, und sie sah die ersten Putzkolonnen durch die

Räume ziehen. In einer Ecke lag ein grauer Kittel. Sie zog ihn über, stieg durch die Luke aufs Dach und von dort über andere Dächer nach unten. Im grauen Kittel eines Arbeiters lief sie die Mainzer Landstraße entlang. Es gab noch eine Wohnung, zu der sie Zugang hatte. Dort erfuhr sie, daß Manfred Grashof mit der U-Bahn entkommen und nach Stuttgart zurückgekehrt war. Jetzt war man auf ihrer beider Spur. In der Zeitung stand, sie seien, um sich schießend, entkommen.

C. tat, was sie nicht tun durfte. Sie kam, um sie zu holen. In der Nacht liefen sie in Frankfurt durch die Straßen und klingelten an vertrauten Türen, bis sie schließlich jemand einließ. Am Morgen fuhren sie mit dem Zug nach Stuttgart, wo sie in Grund und Boden kritisiert wurden. Jetzt wurde bundesweit nach ihnen gefahndet. Es war Februar 1971. Was sie noch nicht wußten: einer aus der Gruppe, der verhaftet worden war, hatte begonnen auszusagen. Er hatte auch die Adressen genannt, auf die sie in Frankfurt zurückgreifen konnten. Sie waren observiert worden. Der Fahnder, der durch das ganze Westend hinter ihr hergelaufen war, war unbewaffnet gewesen. Sonst hätte er geschossen.

Als sie in Stuttgart ankam, war sie am Ende. Aber sie dachte nicht daran, die Menschen, denen sie sich in Liebe, Furcht und Bewunderung ganz und gar angeschlossen hatte, zu verlassen, selbst wenn sie immer wieder gegen die Regeln verstieß, die die Gruppe zusammenhalten sollten. Einmal war sie mit C. in ein Restaurant gegangen, einfach nur, weil sie etwas Normales tun wollten. Aber in einem Leben, in dem sie ständig von Entscheidungen hier- und dorthin getrieben wurden, in dem ständig Veränderungen, Entschlüsse, Handlungen und Beispielhaftes abverlangt wurden, war nichts vom normalen Leben übriggeblieben. Alles um sie herum war kurzlebig und in ständiger Bewegung. Gleichzeitig schien das Leben ewig. Sie hatte keinen Begriff von Zeit, von Vergänglichkeit.

Es gab nur das Heute. Kein Gestern, kein Morgen. Sie stellte sich nicht vor, was vor ihr lag.

Sie wußte, daß C. die Gruppe verlassen würde. Eines Tages brachte sie sie in Stuttgart an denselben Bahnsteig, an dem sie wenige Wochen zuvor angekommen waren, als C. sie aus Frankfurt zurückgeholt hatte. Jetzt fuhr sie fort. Sie verließ die Gruppe und das, was die Gruppe tat. Sie konnte ihrem Gefühl für diese Frau nicht folgen, noch konnte sie sich davon trennen. Sie war wieder allein wie die meisten von ihnen. Jetzt lastete nicht nur ihre eigene Regellosigkeit auf ihr, sondern auch die Zweifel der Frau, die sie liebte, deren Zweifel aber nicht die ihren waren. Es entstand eine Entfremdung zwischen ihr und den anderen. Früher war es Andreas Baader gewesen, der ihre Fehler kritisierte, während Gudrun Ensslin sie in Schutz nahm. Jetzt aber war sie es, die sie angriff, und er schloß sich an. Wenn sie früher zurechtgewiesen und auf die Situation in der Gruppe hin zurechtgerückt wurde, hatte sie versucht, an sich zu arbeiten. Jetzt spürte sie, wie sie schwach wurde.

Ulrike Meinhof war mitfühlend, aber sie war selbst bedürftig. Sie trauerte um ihre Kinder. Sie war ein Mensch, der immer hin und her dachte, ohne daß es Zweifel bedeuten mußte. Sie wog ab, während die anderen Entscheidungen fällten, neue Schritte einleiteten und Ziele und Möglichkeiten erkundeten. Sie aber wünschte sich zu C., die ins Ausland gegangen war; zugleich wollte sie nicht von den anderen fort. Sie konnte die Gruppe nicht im Stich lassen. Aber sie brach die Regel und schrieb heimlich Briefe an C. Niemand wußte davon, und so wurde ihre Liebe zum Treubruch an den anderen.

Nach den Ereignissen im Frankfurter Westend ging sie eine Woche lang nicht auf die Straße. Ihr Foto erschien auf den ersten Seiten der Tageszeitungen, und wieder griff die Angst nach ihr, wie sie es in der Nacht erlebt hatte, als sie zu C. geflüchtet war. Sie wußte nicht, was diese Angst bedeutete. Sie kam auf sie zu, ohne daß sie es hätte voraussehen können. Es war nicht Ängstlichkeit, es war eine elementare Angst, die mit dem Tod verbunden war. Ihre Kraft für diese Art Leben war verbraucht, nur wußte sie es noch nicht.

Hinter ihnen lag verbrannte Erde. Sie mußten in eine neue Stadt ziehen und gingen nach Hamburg, wo sie bereits eine Wohnung aufgetan hatten. Sie wohnte mit Ulrike Meinhof zusammen. Für Ulrike Meinhof war Hamburg eine gefährliche Stadt, denn sie war dort eine bekannte Persönlichkeit. Die Erinnerung an ihre Kinder wurde übermächtig. Unentwegt dachte sie an Mittel und Wege, sie zu sehen. Aber sie sah sie erst wieder, als sie im Gefängnis war. Die Fahndung intensivierte sich mit jedem Zwischenfall, der Licht in die Zusammensetzung der Gruppe brachte. Sie selbst war unsicher in der neuen Stadt. Frankfurt war ihr vertraut, in Stuttgart war C. gewesen. Aber in Hamburg fiel ihr alles schwer. Sie mußten Fuß fassen. Das hieß, Autos, Unterkünfte und Geld besorgen. Das Geld ging zur Neige. Sie lebten in teuren Vierteln, wo Andreas Baader morgens mit dem Tennisschläger aus dem Haus ging. Ulrike Meinhof bewegte sich im wesentlichen nachts, während sie selbst eine alleinstehende junge Frau darstellte, die einen Alfa Romeo fuhr, ein Cabriolet, dessen Verdeck sie immer geschlossen hielt. Unwiderruflich wurde ihr jetzt eine Perücke verordnet. Sie war nicht mehr sie selbst. An einem Wochenende, als es keine Autos, keine Fluchtwege und keine Objekte auszukundschaften gab, fuhr sie mit Ulrike Meinhof an den Timmendorfer Strand, wo sie verloren mit einer Perücke in den Dünen saßen und ihre Zeitung höher hielten, wenn Spaziergänger kamen.

Der Kühler war nicht in Ordnung. Er verlor Wasser. Sie fuhr zu einer weit entfernten Tankstelle und ließ das defekte Teil ersetzen. Aber der Motor wurde wieder heiß. Diesmal verstieß sie gegen die Regel, niemals in der Nähe der Wohnung zu parken oder zu tanken, und ging zu einer Tankstelle an der nächsten Ecke, um Wasser nachzufüllen. Sie wußte nicht, daß an diese Tankstelle gerade ein neues Fahndungsplakat geliefert worden war. Als sie an einem der nächsten Morgen zum Auto kam, war sie bereits von allen Seiten umstellt, ohne daß sie etwas bemerkt hätte. Sie steckte den Zündschlüssel ins Schloß und saß in der Falle. Zwei Männer sprangen ins Auto, einer hielt ihr die Pistole an den Hals. Sie saß und rührte sich nicht. Am Abend gratulierte der Bürgermeister der Polizei. Der Anwalt, bei dem sie eine Vollmacht hinterlegt hatte, kam in ihre Zelle und war tief bestürzt. Sie fühlte nichts. Es war Mai 1971. Es stand in allen Zeitungen. In den USA stellte ihre Mutter den Antrag, wieder ihren Mädchennamen anzunehmen. Nach zwei Tagen wurde sie von der Sicherungsgruppe Bonn abgeholt. Es waren junge Männer, die mit ihr reden wollten und sie nicht, wie es später üblich war, wie ein gefangenes Tier behandelten. Sie brachten sie in einem Konvoi über die Autobahn nach Bonn. Jetzt hieß es: Entweder du machst den Mund auf, oder du bleibst für den Rest deines Lebens hier drin. Noch fühlte sie sich stark. Die vertraute Welt war noch nicht so weit weg. Noch fürchtete sie nichts. Von Bonn wurde sie nach Köln-Ossendorf gebracht. Sie kam in die Zelle, die Tür ging zu – und dann war nichts mehr. Jetzt war Stille.

Nach dem ganzen Aufwand, den ihre Verhaftung nach sich gezogen hatte, ruhte sie sich erst einmal aus. Sie war in einem Hafthaus, in dem es neben ihr Zellen gab. Noch hörte sie andere Gefangene in ihrer Nähe, auch wenn sie nicht mit ihnen sprechen konnte. Nach zwei Wochen wollte sie ihre Jacke vom Haken nehmen und gehen. Da erst wurde ihr klar, wo sie war. Ich muß raus, dachte sie nur noch, jetzt gleich. Ich komme um, wenn ich nicht gleich rauskomme. Sie brauchte Menschen. Es war, als ob sie ersticken müßte. Ihr Herz dröhnte. Ein Arzt gab ihr Beruhigungstabletten. Sie mußte langsamer werden. Sie war ja ständig in Bewegung gewesen, ständig unterwegs. Sie war einundzwanzig und hatte gerade erst die Menschen getroffen, denen sie folgen wollte. Das Leben hatte sie ja noch gar nicht kennengelernt – und jetzt war alles schon zu Ende. Sie war so allein, wie sie es sich nie hatte vorstellen können.

Ihr Vater kam. Er hielt zu ihr. Mit der Polizei sprach er nicht. Er war konspirativer als sie selbst. «Meine Herren», sagte er zu den Beamten der Sicherungsgruppe Bonn, die sich an ihn wandten, damit er seine Tochter zu einer Aussage überrede, «ich möchte meine Tochter zu nichts bewegen.» Er sagte nie, daß er Angst um sie gehabt hatte. Er sagte nur: «Ich bin froh, daß es dich noch gibt.» Er bemitleidete sie nicht, aber er war da. Für ihn war sie jetzt in Sicherheit. In dem Hafthaus blieb sie ein halbes Jahr. Sie bekam viel Post und schrieb viele Briefe, las Zeitung, lag auf dem Bett und döste vor sich hin. Manchmal schrie sie aus dem Fenster. Aus Berlin bekam sie ein Paket mit einer Lederjacke, die Andreas Baader gehörte und in der er einen schweren Autounfall überlebt hatte. Auf dem Rücken sah man noch die Abschürfungen.

Auf irgendeine Weise erreichte sie die Nachricht, daß C. nach Köln gekommen und in der Nähe des Gefängnisses als Zeitarbeiterin mit falschen Papieren beschäftigt war. C. versuchte, zu ihr durchzudringen. Noch rechnete sie nicht damit, daß die Wärterinnen Angst vor ihr haben könnten. Als sie eine von ihnen anschrie und wegschubste, kam sie in ein Kellerloch. Ein Kübel, eine Bibel, abends eine Matratze. Es war das Ende der Welt. Nach einer Woche erschien ihr die Zelle, in die sie dann gebracht wurde, wie ein Lichtblick. Noch wußte sie nicht, wohin sie gekommen war. Erst allmählich spürte sie, daß sich nichts mehr um sie herum bewegte, daß sie in der völligen Lautlosigkeit war, in einem Vakuum. Langsam verlor sie die Orientierung. Eine lähmende Leere kroch in ihr hoch. Sie versank darin, floh in den Schlaf, aus dem sie, zu Tode erschöpft, wieder auftauchte. Sie wußte bis dahin nicht, daß der Mensch auch physisch ein Teil der Gemeinschaft ist. Auch wenn sie in dem Hafthaus an dem Tagesablauf der anderen Gefangenen nicht hatte teilnehmen dürfen, waren es doch Geräusche und Stimmen gewesen, die sie mit dem Leben verbanden. Nun war sie in einem Flachbau völlig allein.

Das Gefängnis in Köln-Ossendorf war ein Neubau, der wie eine Schule aussah mit einer Reihe hintereinanderliegender Gebäude, die durch Gänge miteinander verbunden waren. Zwischen der Männer- und der Frauenabteilung lag ein Pavillon, der zwei Flügel hatte. Im einen Flügel arbeitete ein Psychiater mit Häftlingen, die lange Strafen abzusitzen hatten und das Eingeschlossensein nicht mehr aushielten. Statt Wärtern gab es Pfleger in weißen Kitteln. Alles war undeutlicher, verborgener als im normalen Strafvollzug. Der andere Flügel des Pavillons war leer. Dort war sie. Ihr Fenster war mit Betonstreben vergittert. Sie konnte hinausschauen, aber es waren nur winzige Streifen Wirklichkeit, die sie sah. Ein Gärtchen, in das niemals ein Mensch trat. Sie mußte jetzt Anstaltskleidung tragen und nach jedem Besuch einen neuen Kittel anziehen. Die Wärterinnen kamen aus der Zentrale über einen Gang ins Niemandsland. Wenn sie Post bekommen hatte, warteten die Wärterinnen damit bis zum Mittagessen, um den weiten Weg nicht zweimal machen zu müssen. Wenn sie klingelte, dauerte es endlos, bis jemand kam. Nach der morgendlichen Freistunde in einem winzigen Hof, von dem aus sie die Dächer der anderen Häuser sehen konnte, wurde sie zurück in die Zelle gebracht und blieb dort bis zum nächsten Morgen. Sie war im «toten Trakt». Der Psychiater, der sich nur zehn Meter von ihr entfernt mit der seelischen Zerstörung von Lebenslänglichen befaßte, interessierte sich nicht für die Zerstörung ihres Gleichgewichts. Er sagte nur: «Es ist nicht normal, wie Sie leben» und gab ihr abends Beruhigungstabletten, die sie nahm, weil sie sie brauchte. Später haßte sie diese Tabletten, weil sie fürchtete, ohne sie nicht mehr leben zu können.

Nach zwei Wochen im toten Trakt wußte sie, daß sie das nicht durchstehen würde. Tagsüber, wenn es noch eine Hoffnung auf Unterbrechung gab, schleppte sie sich durch die Stunden. Aber wenn um fünf Uhr nachmittags, nach dem Abendessen, nichts, gar nichts mehr zu erwarten war, geriet sie in einen derartigen Erregungszustand, daß sie fürchtete, alles in ihr würde auseinanderbrechen. Es waren Zerreißproben, die ihr alle Kraft nahmen. Sie zitterte am ganzen Körper und geriet völlig außer Kontrolle. Abend für Abend erlebte sie die Auflösung ihrer Person. Die Wände wakkelten, alles war schief, und sie verlor den Boden unter den Füßen, der der letzte Bezug zur Wirklichkeit war. Sie fühlte nur noch ihren Oberkörper, das Herz, aber keine Beine. Sie schwamm. Zugleich bäumte sich alles in ihr auf und sie versuchte, jeden Abend aus der Zelle zu fliehen, bevor die Tür für die Nacht zweifach verschlossen wurde. Dann drängten sie die Wärterinnen mühsam wieder in die Zelle, und sie bat sie zu warten, bis die Tabletten ihre Wirkung taten.

Sie beschäftigte sich mit ihren Akten und arbeitete sich von einem Tag zum anderen durch die Anklage. Aushalten, dachte sie, ich muß es aushalten. Sie wußte, daß sie für das, was sie getan hatte, zur Rechenschaft gezogen würde. Gleichzeitig studierte sie ihre Rechte und schrieb Anträge, die erfolglos blieben. Sie beschrieb den Anwälten, wie sie allmählich die Orientierung verlor, weil sie keinen Bezug mehr zur Wirklichkeit hatte, auch nicht zu der Wirklichkeit eines Gefängnisses. Auch die Anwälte schrieben Anträge, die ebenso erfolglos blieben wie die ihren. Ganz allmählich verstand sie, auf welche Anklage sie zusteuerte: doppelter Mordversuch. Lebenslänglich im äußersten Fall. Mit Sicherheit fünfzehn Jahre. Obwohl sie nie in ihrem Leben etwas mit Kindern zu tun hatte, setzte es sich in ihr fest: Nie wieder werde ich Kinder sehen. Jetzt klagte sie an. Klagte den Bruder an. Klagte das Paar an. Sie hatten erlebt, was Gefängnis war, und sie hatten es ihr nicht gesagt. Sie hatten mit Begriffen gespielt, ohne ihnen Inhalte zu geben. Sie dachte an Andreas Baader, wie er am Strand von Sizilien mit zehn Jahren jongliert und die Wahrheit in Heldentum verwandelt hatte. Jetzt haderte sie mit ihnen. Zum erstenmal war sie voller Zorn.

Dann wurde C. verhaftet. Zuerst kam sie in ein Gefängnis, in dem ausschließlich alte Frauen saßen, dann in ein Durchgangsgefängnis, in dem es nur ein paar Zellen gab. Sie blieb dort ein halbes Jahr. C. kämpfte – anders als sie. Während sie das Leiden ertrug, selbst dann, wenn sie herumschrie, begegnete C. den Wärterinnen von Frau zu Frau, von Angesicht zu Angesicht. Sie aber war wie ein Kind, für das bereits alles zu Ende war, bevor es überhaupt begonnen hatte. Ihre Schwächen zogen sie in die Tiefe. Sie zog sich in sich selbst zurück. C. baute sie auf und schickte ihr Bücher. Bücher, die sie auch las. Keine Schriften, die im theoretischen Diskurs dem Gefangensein Hoffnung und Perspektive abringen sollten, sondern Biographien. Sie beschäftigte sich mit dem Gefängnis in der gegenwärtigen Zeit, so wie es jetzt war, und nicht mit heroischen Berichten aus der Vergangenheit, an die sich viele klammerten. Dann konnte sie nichts mehr essen, hatte überhaupt keinen Hunger mehr. Da schrieb C., sie dürfe den Hunger nicht verlieren.

Vier Monate blieb sie im toten Trakt. Als Ulrike Meinhof verhaftet wurde, nahm sie ihren Platz ein. Ihrer Verhaftung verdankte sie die Verbesserung ihrer eigenen Lage. Ulrike Meinhof war noch nie im Gefängnis gewesen. Diese Zelle, in der sie nichts hörte und niemanden sah, war ihre erste. Sie wußte, wie bald die Frau, die sie immer hatte beschützen wollen, gegen die Wände laufen würde; das lastete wie eine Schuld auf ihr.

Sie wurde in eine Zelle der psychiatrischen Abteilung im anderen Teil des Gebäudes verlegt. Dort blieb sie ein Jahr. Jetzt hörte sie wieder Geräusche, die Stimmen der Gefangenen. Sie hörte die Stimme von Jürgen Bartsch, dem Triebtäter, und sie dachte an den Artikel, in dem Ulrike Meinhof einst die innere Not beschrieben hatte, die ihn zum Mörder gemacht hatte. Diese Not, so kam es ihr vor, während sie versuchte, seine Worte zu verstehen, war gefangen in einer kleinen, hohen Kinderstimme, als ob sie keinen Weg hinaus fände.

Zuerst empfand sie die neue Zelle als Rettung. Dann verfiel sie in eine tiefe Depression. Sie wollte sich töten. Sie überlegte, wie sie es tun würde. Sie war wie gespalten. Ein Teil in ihr bereitete sich auf den Tod vor, knotete die Schlinge, wählte die Stunde. Ein anderer Teil tat alles, um dem Tod zu entfliehen. Sie begann, sich vor sich selbst zu fürchten. Sie mußte sämtliche Energien wachhalten, um den Teil in ihr, der sterben wollte, niederzuhalten. Nach der Zeit in der Isolationszelle hatte sie überhaupt keine Kraft mehr. Die Anstrengung, die sie das Überleben gekostet hatte, holte sie ein. Niemals vorher und niemals nachher wollte sie sterben. Sie hatte noch nicht erlebt, wie es ist, wenn alle Kräfte versiegen. Sie wußte, was Schwäche ist, aber dieses irreversible, langsame Auslaufen der Lebenskraft kannte sie nicht. Sie hatte es aushalten wollen, aber jetzt ließ etwas in ihr nach. Es war anders als die Zustände vorher, und sie beobachtete sich selbst wie ein Versuchstier. Schließlich suchte sie Hilfe bei einem der Pfleger, der auf der psychiatrischen Station arbeitete. Er durfte ihre Zelle zwar nicht aufschließen, weil er kein Wärter war, aber sie sprachen in den Nächten, in denen er Dienst hatte, über den Zellenlautsprecher miteinander. Er hörte zu, wenn sie Nacht für Nacht redete, um sich selbst vor ihrem eigenen Verderben zu schützen. Die Zeit im Gefängnis ist eine andere Zeit. Sie vergeht ohne Maß. Sie besitzt keinen Rhythmus. Sie ist da, ohne

Ufer, ein Wasser ohne Horizont. Zu dem, was draußen geschah, zu dem, was die Gruppe tat und wollte, verlor sie allmählich das Verhältnis. Nach und nach kamen sie alle ins Gefängnis. Die Bilder ihrer Verhaftung sah sie nicht, und sie war froh, daß sie sie nicht sah.

Vor die Fenster wurden jetzt Netze gespannt. Beim Hofgang trugen die Wärter Waffen, und sie stellte sich in der Freistunde an die Wand, um ihnen nicht den Rücken zuzukehren. Die Gruppe war auf verschiedene Gefängnisse verteilt worden, und es entstand ein Kommunikationssystem, in dem neue Strategien entworfen wurden. Alle diskutierten, wie der Kampf in die Gefängnisse verlagert werden könne. Aber sie blieb sprachlos. Obwohl nur ein Jahr des Getrenntseins zwischen ihnen lag, schien es ihr, als könne sie die Zeit nicht mehr überbrücken. Sie war schon woanders, ohne daß sie es selbst wahrnahm. Als einem Verteidiger das Mandat entzogen werden sollte, weil man ihm vorwarf, einen Kassiber geschmuggelt zu haben, wurde der erste Hungerstreik organisiert. Sie nahm nur halbherzig daran teil und wurde dafür von der Gruppe bestraft. Im Gefängnis war sie wieder erreichbar. Man konnte ihr wieder am Zeug flicken, wieder Vorhaltungen machen, nicht nur, weil sie nicht richtig hungerte. Sie hatte sich wieder ganz fest an C. angeschlossen, die eine Abtrünnige war und deren Stärke sie brauchte.

Ulrike Meinhof hungerte über den Hungerstreik hinaus und schaffte es, daß sie in den gleichen Trakt verlegt wurde, in dem ihre Zelle lag. Sie hatte sechs Monate in der Isolation verbracht und genau beschrieben, was diese Leere mit dem Menschen macht. Manchmal konnte sie sie jetzt aus der Entfernung sehen, wenn sie Freistunde hatte. Ulrike Meinhof schrie die Wärter nicht an, wie sie es manchmal aus Verzweiflung tat. Sie hielt Vorträge. «Du bist ein Schwein», sagte sie und begründete, warum. Während sie selbst nach der persönlichen Begegnung hungerte und sich auch damit mehr und mehr von der Gruppe absetzte. Ulrike Meinhof war die einzige, der sie tief verbunden blieb. Sie hatte ihr in den ersten Nächten, als C. gegangen war, Trost gegeben, so wie sie selber Trost brauchte, wenn sie an ihre Kinder dachte.

In Berlin hatte der Prozeß gegen Horst Mahler begonnen, zu dem viele aus der Gruppe als Zeugen vorgeladen wurden. Andreas Baader stieg mit Mühe ins Flugzeug, das sie von Köln nach Berlin brachte. Er war angeschossen worden, als man ihn verhaftet hatte, und die Verletzung an seinem Bein war noch nicht verheilt. Er sprach nicht mit den Wärtern, sprach mit niemandem, während sie jede der wenigen Gelegenheiten nutzte, mit einem Menschen zu reden. Als sie ihn entfernt sitzen sah, spürte sie, daß eine Loslösung begonnen hatte, aber sie ahnte nicht, wie viele Jahre es dauern würde. Es war das letzte Mal, daß sie ihn sah.

Im Prozeß gegen Horst Mahler wurden ihre Haftbedingungen öffentlich gemacht. Die «sensorische Deprivation» wurde als Folter definiert, als «weiße» Folter, was sie als pathetisch empfand und sie beschämte. Es war Leiden, Zerstörung. Aber nicht Folter. Ulrike Meinhof wurde eine Woche später vorgeladen. Köln-Ossendorf, sagte sie vor Gericht, sei eine riesige Anlage, bestehend aus flachen Gebäuden und einem Schornstein. Sie sagte nicht: Es ist wie ein Konzentrationslager, aber sie benannte die Lage und schuf ein Bild, an dem deutlich wurde, wo sie sich befand. Das war es, was sie und die Gruppe ihr gegeben hatten und was ihr jetzt fehlte: die Kraft der Formulierung.

Ihr eigener Prozeß rückte näher. Er sollte in Frankfurt stattfinden. Aber sie wollte nicht weg. So entsetzlich der Ort war, er war ihr vertraut geworden. Alles Neue und Fremde machte ihr angst, auch wenn es eine Chance barg. Immer versuchte sie, das Alte, das Bekannte, auszuhalten. Wenn ich noch einen Meter Luft habe, dachte sie, geht es noch weiter. Nichts erschien ihr bedrohlicher als etwas

Unbekanntes. Es gibt Menschen, die aus einer Veränderung Kraft schöpfen. Sie aber stürzte es in Hoffnungslosigkeit. Jede Veränderung erfuhr sie als abrupt, wie einen Schnitt, an dem die Qual, die sie in ihrer täglichen Folge niederzuhalten versuchte, neu entflammte. Was hinter ihr lag, erlaubte ihr kein Vertrauen. Sie vertraute nur dem, was um sie war, woran sie sich mit beiden Händen festhalten konnte.

Als der Helikopter aus dem Gefängnishof abhob, sah sie unter sich die Zelle liegen, in der Ulrike Meinhof zurückblieb. Noch einmal kreiste sie darüber, dann verlor sie das kleine flache Gebäude aus dem Blick. Kurz vor Frankfurt landete der Helikopter auf der Autobahn, wo ein Konvoi wartete, mit dem sie nach Preungesheim ins Frauengefängnis gebracht wurde.

Alles war anders. Die Tür ihrer Zelle stand offen. Sie konnte auf ihrer Etage hingehen, wohin sie wollte. Aber sie traute sich nicht. Sie mußte erst lernen, die sicheren vier Wände der Zelle hinter sich zu lassen. Sie begann mit winzigen Schritten, ging schnell wieder zurück und begann von neuem. Vor jedem Weg überlegte sie genau, wie er zu schaffen sei. Sie erfand Sicherheiten, hier ein Geländer, dort eine Ecke, an der sie sich festhalten konnte. Es fiel ihr schwer, mit mehreren Menschen zusammenzusein. All die Stimmen auf kleinem Raum, die Gefühle und Energien, die durch das Haus schwirrten, waren kaum zu ertragen. Immer mußte sie sich nach kurzer Zeit zurückziehen, hatte Schmerzen in allen Gliedern, so daß sie nicht aufrecht stehen konnte. Als ob die Menschen, die sie auf einmal alle umgaben, die Schmerzen erst aus ihr herausholten. Aus der Einzelhaft herauszukommen bedeutet auch, wieder den Druck und das Leid aller anderen zu erfahren. Alle ihre Sinne waren offen. Der Übergang war so schnell, daß sie in Panik geriet.

Eines Tages stand C. vor der Tür. Sie hatte Haftverschonung erhalten und sofort einen Besuchsantrag gestellt. Gegen die Haftverschonung war aber bereits Beschwerde eingelegt worden. Man hatte den Besuch abgewartet, um sie wieder festzunehmen. Jetzt saßen beide zusammen in Preungesheim, und sie war glücklich, daß C. da war. Zugleich aber rückte mit ihr, die draußen gewesen war – und die bei der Fragwürdigkeit ihrer Anklage auch wieder draußen sein würde –, die Erinnerung an die Welt, an die Freiheit wieder nah, und sie selbst würde nicht danach greifen können. Zweifacher Mordversuch und zwei Banküberfälle. Es war aussichtslos.

Beide Prozesse fanden an unterschiedlichen Tagen in Sindlingen statt, wo das Bürgerhaus für diesen Zweck umgebaut worden war. C. und sie wurden mit großem Aufwand in einem Bus ohne Fenster zu den Verhandlungen gebracht. Vor Gericht las sie einen Text vor, den Ulrike Meinhof geschrieben hatte. Es war eine Analyse und Zukunftsvision der Gesellschaft, ein Blick ins Computerzeitalter aus marxistischer Sicht, ein theoretisches Schriftstück, das eine Verbindung zu dem Gedankengebäude der anderen herstellte, die sie selbst nicht mehr empfand.

Die Anwälte gingen jetzt in die Offensive, während sie immer schwächer wurde. Schließlich ordnete das Gericht an, daß ein unabhängiger Arzt aus dem Taunus sie untersuchen sollte. Sie wurde, mit Maschinenpistolen bewacht, in eine Klinik gebracht. An allen Ausgängen und vor der Tür des Arztes standen bewaffnete Polizisten. Der Chefarzt kam mit sämtlichen Ärzten des Hauses, die sich in rote Ledersofas setzten und wissen wollten, was mit ihr los sei. Es war zuviel für sie, zu viel Welt, die sie nicht ertragen konnte. Nach außen hin verhielt sie sich dem Codex der Gruppe entsprechend, der auf der Einschätzung basierte, daß man mit den Gefangenen Experimente machte, um herauszufinden, wieviel Verzicht auf Leben ein Mensch ertragen kann. Sie sagte nur, daß sie keinem Arzt vertraue. Die Ärzte lächelten freundlich, und sie wurde wieder zurückgebracht. Die Transportbusse hatten jetzt Fenster.

Das Frauengefängnis in Preungesheim war von der Leiterin in ein Reformgefängnis verwandelt worden, was von C. und ihr als liberal und die wirklichen Machtverhältnisse verschleiernd gebrandmarkt wurde. Beide wußten sie nicht, daß es am Ende nur die Reformen waren, die ihnen eine Chance gaben. Ihre Bedingungen wurden besser, als sie je gewesen waren. Aber ihr Zustand wurde schlechter und schlechter. Sie hatte zwar abends keine solchen Angstzustände mehr wie in Köln, aber sie war nicht in der Lage, sich auf den Prozeß, der sich als ungeheuer langwierig erwies, zu konzentrieren. Von überall wurden Zeugen geladen. Die Anwälte arbeiteten sich durch die Anklage wegen Mordversuchs und bewiesen, daß der Vorgang in den Akten falsch dargestellt worden war. An jenem frühen Abend im Frühjahr 1971 hatten sich wesentlich mehr verdeckte Fahnder aus den verschiedensten Abteilungen an der Ecke Unterlindau/Bockenheimer Landstraße befunden als die zwei, auf die sie geschossen haben sollte.

Während der Verhandlung bekam sie keine Luft mehr, mußte ständig den Saal verlassen, konnte nicht mehr aufrecht stehen und war von einer heillosen Unruhe befallen. Die Anwälte stellten den Antrag, daß sie noch einmal zu dem Arzt nach Kronberg im Taunus gebracht würde, um ihre Verhandlungsfähigkeit feststellen zu lassen. Diesmal ließ sie sich untersuchen. Vor Gericht befragt, legte der Arzt in seinem Gutachten dar, daß die vegetativen Störungen ihres Nervensystems unter gewissen Umständen lebensbedrohlich sein konnten. Die gewissen Umstände waren gegeben. Der Prozeß wurde abgebrochen, und sofort kam aus Berlin, wo ein Haftbefehl gegen sie wegen der Baader-Befreiung vorlag, die Aufforderung, sie zu überstellen, ganz gleich, in welchem Zustand sie war. Da entschied die Leiterin des Frauengefängnisses in Preungesheim gemeinsam mit der Gefängnisärztin, daß sie nicht transportfähig sei. Dann wurde sie entlassen. Ihr Vater holte sie ab. «Was du ausgehalten hast», sagte er, «das ist die Härte von Großvater.» An der Pforte stand C., deren Prozeß beendet war. Ihr eigener Prozeß wurde ausgesetzt. C.s Freiheit war sicher, die ihre geliehen. Und doch empfand sie es als einen Tag, an dem sie neu geboren wurde. Es war der 4. Februar 1974, der Tag, an dem der gesamte Rest der Gruppe auf einen Schlag verhaftet wurde. Die Rote Armee Fraktion, so wie sie einmal gewesen war, existierte nicht mehr.

«Hier können Sie alle Türen öffnen, und niemand wird Sie holen», sagte der Arzt. Drei Wochen blieb sie in dem Krankenhaus im Taunus. Im Gefängnis hatte sie, wenn sie die Angst überfiel, an den Wänden Halt gesucht. Jetzt schob sie eine Bahre oder einen Stuhl vor sich her, wenn alles zu schwanken begann. Manchmal kam der Arzt abends zu ihr und erzählte von dem Kriegsgefangenenlager, in dem er als junger Soldat gewesen war. Die Erinnerung daran war zurückgekommen, als er sie das erste Mal sah. In den ersten Nächten blieb C. bei ihr. Wenn die Schwestern nachts ins Zimmer kamen und sie hochschreckte, beruhigte C. sie. Sie war völlig abgemagert und bekam Berge von Essen. Es wurde alles getan, damit es ihr gutging. Dann gab es eine Bombendrohung, und sie merkte, daß sie Unruhe ins Haus brachte. Als ihr Vater sie besuchte, bekam er kein Hotelzimmer in Kronberg. Wenn sie auf der Straße ging, war sie immer in Begleitung. Über ihren Zustand wußte sie wenig. Wenn sie die Ärzte hörte, hatte sie das Gefühl, sie sei todkrank. Sie erfuhr sich selbst nicht so. Sie erlebte seltsame, bedrohliche Zustände, aber der Tod war etwas anderes. Sie wollte leben. Sie war wieder draußen in der Welt. Aber in den Augen der anderen war sie Opfer, Folteropfer, während sie nur leben wollte – ohne Begriffe, die wie Netze über sie geworfen wurden.

Der Staatsanwalt hatte inzwischen Beschwerde gegen die Aufhebung des Haftbefehls eingelegt. Noch konnte der Arzt im Taunus sie schützen, indem er ständig Berichte über ihren Zustand schrieb. Er schickte sie für vier Wochen in den Schwarzwald. C. kam mit. Ihr Vater bezahlte alles. Auch andere Leute gaben ihr Geld. C. hatte nie etwas, sie hingegen bekam alles. Alle Aufmerksamkeit galt ihr. Im Hotel im Schwarzwald hatte sich die Polizei ein Zimmer eingerichtet, wo sie sich jeden Tag melden mußte. Viele wollten mit ihr über Perspektiven reden, darüber, wie es weitergehen sollte. Aber sie wollte nichts sehen und nichts hören und fuhr mit C. Schlitten. Als sie zurückkam, schrieb der Arzt seinen letzten Bericht, in dem er darlegte, daß sie immer noch haftunfähig sei. Sie wohnte jetzt nicht mehr in der Klinik, sondern bei einem jungen Arzt, der ihr ein Zimmer angeboten hatte. Die christlich-demokratisch gesinnten Bewohner von Kronberg machten eine öffentliche Anfrage, ihren Aufenthalt in der Stadt betreffend. Jeder ihrer Schritte wurde observiert. Der Staatsanwalt beauftragte einen neuen Gutachter und nahm ihr den Arzt weg, der ihr Schutz war. Es wurde eng um sie. Gleichzeitig kamen Angebote auf sie zu, Länder, in die sie gehen und in denen sie frei leben könnte. Aber sie wollte nicht weg.

Eines Tages, auf einer Burg im Taunus, sagte C., daß sie, ganz gleich wohin, nicht mitgehen würde. Sie könne nicht mehr. Sie wolle dieses Leben nicht mehr leben. Ganz einfach. Sie selbst wollte dieses Leben auch nicht mehr, aber sie hatte keine Wahl. Es war Frühling geworden. Sie war wieder allein. Zu ihrem Vater sagte sie, daß sie das Land verlassen würde, er solle nichts tun, um es zu verhindern. Aus Frankfurt wurde sie mit falschen Papieren herausgeschleust. Mit einem Begleiter ging sie über die grüne Grenze in die Schweiz und von dort aus nach Italien. Dann kam sie nach Mailand, wo ihr als erstes das Gefängnis gezeigt wurde, in dem der Tänzer Valpreda und die beiden berühmten Bankräuber Pietro Cavallero und Sante Notarnicola saßen. Die Leute, mit denen sie in Mailand Kontakt hatte, arbeiteten alle illegal. Als geheime Kuriere reisten sie über die Grenzen, holten irgend etwas aus der Schweiz, was sie woandershin brachten. Sie solle sich zuerst einmal erholen, hieß es, und dann wieder einsteigen. In einer Notiz in der «Süddeutschen Zeitung» las sie von ihrem Verschwinden. Sie fuhr mit einem Velo Solex durch die Stadt, wohnte bei verschiedenen Leuten, versuchte, Italienisch zu lernen, und traf prominente Linke. Sie waren reich und luden sie, wann immer sie wollte, auf ein Schloß am Comer See ein. Manchmal fuhr sie dorthin, um allein zu sein, wenn sie aber allein war, hielt sie es nicht aus. Immer wollte man sie irgendwohin in Sicherheit bringen, in die Schweizer Berge oder nach Algerien. Aber sie wollte unter Menschen sein, auch wenn sie Menschen nur schwer aushalten konnte. Sie war voller Fragen, die ihr niemand beantworten konnte. Als sie italienischen Schriftstellern als Opfer der deutschen Haft vorgestellt wurde, fanden sie keine Foltermale an ihr. Es war ihr schwer, daß sie frei war und die anderen nicht, aber ihr war auch klar, daß sie alles tun würde, um zu verhindern, jemals wieder ins Gefängnis zu kommen. So vollzog sich ganz allmählich die Trennung von der Gruppe, die mit dem, was sie wollte und wie sie gewesen war, ihrem Dasein einen Sinn gegeben hatte. Noch aber war nichts anderes an diese Stelle getreten – es gab nur die Vergangenheit. Von C. bekam sie einen Brief. Sie hoffte, C. würde zu ihr kommen, aber sie tat es nicht und riet ihr, in eine Fabrik zu gehen und zu arbeiten.

Da es immer noch hieß, daß sie sich erholen müsse, wurde sie nach Elba geschickt. Wieder wurde ihr als erstes ein Gefängnis gezeigt, Porto Azzurro, eine mittelalterliche Festung, die direkt am Meer lag. Zu Ostern fielen die deutschen Touristen in Elba ein, und sie ergriff die Flucht. Obwohl sie eine Perücke trug, sah sie nicht wie die italienischen Frauen aus. Sie paßte als Person nicht in dieses Land. Ein bekannter italienischer Intellektueller, der später selbst gesucht wurde und gut Deutsch sprach, riet ihr schließlich, nach

England zu gehen. Dort gäbe es eine starke Frauenbewegung. Er nannte ihr zwei Adressen. Dann nahm sie einen Schlafwagen und fuhr mit falschen Papieren über zwei Grenzen nach England.

Sie kam nach England, als die Irisch-Republikanische Armee ihre Bombenanschläge auf London ausgeweitet hatte. Es war die Zeit der Guilford Four und der Price Sisters – zwei Mädchen, über die sie, als sie in Victoria Station ankam und die erste englische Zeitung kaufte, einen Artikel las. Sie hatten in London Bomben gelegt und waren verhaftet worden. Jetzt wollten sie nach Irland zurück und waren in Brixton im Gefängnis in einen Hungerstreik getreten. Sie war noch nie in England gewesen. Das war das erste, was sie wahrnahm. Sie hatte die Adresse eines deutschen Filmemachers. Er vermittelte sie an den Dichter Erich Fried, der ihr sofort ein Honorar schenkte, das er gerade für eine Lesung bekommen hatte. Als ganz junger Mensch war er vor den Nazis von Wien nach London geflüchtet. Er half ihr mit allem, was sie brauchte – mit Wohnungen, Kontakten und Gesprächen. Im Gespräch mit ihm begann sie sich dem wieder anzunähern, was hinter ihr lag. Er wollte alles wissen, auch über die anderen, besonders über Ulrike Meinhof. Er war ein wunderbarer Mensch, dem sie unendlich viel zu verdanken hat. England bedeutete Freiheit. Eine Freiheit, die sie kaum fassen konnte. Sie besaß zwei Pässe auf verschiedene Namen, die sie überhaupt nicht brauchte, weil man sich nicht an jeder Ecke ausweisen muß. Ein Brief genügt, um sich zu legitimieren. Sie konnte mit den Menschen reden, die Sprache war kein Problem, sie fiel nicht mehr auf, weil es keine Normen gab. Sie konnte sein, wie sie wollte. Sie gab sich einen neuen Namen, und niemand fragte nach. Nichts war festgelegt. Keine Rolle wurde von ihr verlangt. Da sie sich als Person sehr zurücknahm, war sie offen für alles. England war ihr Glück. Alles war nackter und roher als in Deutschland und zugleich dicht, liebenswert und sehr wirklich. Die Menschen, die sie traf, waren arm. Sie lebten von ein paar Pfund in der Woche. Trotzdem spielte Geld keine Rolle. Viele Intellektuelle waren sozial engagiert. Das Unglück, die Misere der Menschen kam deutlich ans Tageslicht. Es war Teil des Lebens. Die englischen Linken waren sehr praktisch. Wenn es ein Problem gab, setzte man sich zusammen und gründete eine Gruppe, der man einen Namen gab. Sie warteten nicht auf die Weltrevolution, sondern suchten im wirklichen Leben nach einer Lösung. Eine Gruppe, die sich Big Flame nannte, bildete in allen größeren englischen Städten ein Netzwerk von Leuten, die teils in die Betriebe gegangen waren, zu Ford oder zu Lesney's, oder in die Krankenhäuser und Arbeitersiedlungen. Sie befaßten sich mit lokalen Angelegenheiten, besetzten Häuser oder bauten im East End, wo die meisten der Big-Flame-Leute wohnten, ein Food Coop auf. Was sie taten, war pragmatische Stadtteilarbeit, alltäglich und nicht weltumspannend, wie sie es gewohnt war und immer noch als Anspruch in sich herumtrug. Es war die Zeit der Labour-Regierung. Die Gewerkschaften hatten großen Einfluß und organisierten riesige Streiks.

Je länger sie in England war, um so befreiter fühlte sie sich, weil es nicht mehr ums Ganze ging. Selbst militante Gruppen wie die Angry Brigade verstanden sich als Teil einer informellen, libertären Bewegung und hatten in ihren Anschlägen niemals die Staatsmacht als solche zum Ziel genommen. Wenn von Revolution die Rede war, dann bezeichnete dies die erreichbaren Dinge. Hier wollte sie bleiben. Sie schneiderte sich eine Legende zurecht, die ihr allzu genaue Erklärungen ersparte. Es wurde ein Mann für sie gesucht. Unter Freunden hatte sich ein Heiratsmarkt entwickelt, um eine Aufenthaltsgenehmigung zu bekommen. Der ihr zugedachte Mann stellte sich als ein freundlicher Ingenieur heraus, der aus politischen Gründen seinen privilegierten Beruf aufgegeben hatte und als Handwerker arbeitete. Mit der Heiratsurkunde ging sie zum Einwanderungsbüro und bekam einen richtigen Stempel in ihren falschen Paß. Sie wollte weg von ihrer deutschen Identität und machte mit den neuen Papieren einen englischen Führerschein. Sie mußte Geld verdienen und fuhr Kuchen kreuz und quer durch London. Manchmal stellte sie ihr mit Kuchen beladenes Auto an den Straßenrand und legte sich auf eine Wiese im Park und schlief. Das Auto wurde ihre Zuflucht, wenn die Angst sie einholte. Die Menschen, in deren Umfeld sie sich in London bewegte, lebten von Arbeitslosenunterstützung oder Sozialhilfe, die man sehr leicht und ohne bürokratischen Aufwand erhielt. Trotzdem war es ihr zuviel an Kontrolle, sich dort wöchentlich ein paar Pfund abzuholen. Sie ging zu Lesney's und setzte am Band Matchbox-Autos zusammen. Aber sie hielt es nur zwei Wochen aus. Sie mußte an die Luft, ins Freie, und arbeitete mehrere Monate in einem Park, wo sie kurz vor dem Zeitpunkt gekündigt wurde, an dem man sie hätte fest anstellen müssen.

Die meisten Frauen, die sie damals in London traf, waren bereit, sich auf eine Frauenliebe einzulassen. B. war Amerikanerin und in den sechziger Jahren nach England gekommen. Sie war in der Frauenbewegung aktiv und hatte etwas sehr Souveränes, Internationales, wenn sie ihre kleinen, hauchdünnen Zigaretten drehte und in ihrem Morris Minor durch London fuhr. Mit ihr zog sie aus der bürgerlichen Wohnung, in der sie zu Beginn untergeschlüpft war, in ein besetztes Haus in der Nähe von Broadway Market. Sie war umgeben von Menschen aus allen möglichen Ländern – so etwas kannte sie nicht. In der Gruppe hatten sie sich zwar mit den Unterdrückten aller Länder verbunden gefühlt, aber sie waren letztlich unter sich geblieben. Die Rote Armee Fraktion war eine sehr deutsche Angelegenheit gewesen. Sie war hungrig nach der Offenheit, die sie jetzt erlebte. Sie wohnte in halbzerfallenen Häusern, und darin spielte sich die ganze Welt ab. B. hielt sich abwechselnd mit

Sozialhilfe und kleinen Scheckbetrügereien über Wasser und kritisierte den Sicherheitsring aus Pässen und finanziellen Rücklagen, den sie immer um sich haben wollte. Sie lernte Frauen aus einer Autowerkstatt in Hackney, einem Arbeiterviertel in Ostlondon, kennen, wo sie begann, an Autos herumzuschrauben. Das unstrukturierte Leben, das sie mit B. führte, gab ihr zwar eine große Sicherheit des Gefühls, aber sie wollte sich in andere, geordnetere Wirklichkeiten begeben und etwas lernen. Es waren männliche Qualifikationen, die sie suchte, eine Orientierung an der Klasse der Arbeiter, deren revolutionäres Potential sie in der Gruppe idealisiert hatten, die sie aber nicht kannte. Wenn sie jemals wirklich etwas mit Arbeitern zu tun hatte, dann war es in England. Wie hatte sie in Deutschland gelebt? Als sie in die Schule ging, war alles, was sie anfing, nach kurzem Auflodern in sich zusammengesackt. Danach hatte sie sich ausschließlich im Rahmen der Gruppe sehen können, deren Weg von Ansprüchen bestimmt gewesen war, die niemand einlösen konnte. Dann hatte sie nur versucht zu überleben. Jetzt wollte sie zum erstenmal ihr Leben in die eigenen Hände nehmen. Sie ging an die Basis, auch an die Basis ihrer selbst. Sie fing ganz unten an. Es ging nicht nur darum, ihre Existenz zu finanzieren. Es ging darum, herauszufinden, was sie mit ihrem Leben anfangen wollte.

Sie fühlte sich nicht mehr ständig auf der Flucht, aber sie vergaß nie. Als sie nach England kam, war sie noch angebunden an all das, was in Deutschland geschah. Im Herbst des ersten Jahres verhungerte Holger Meins in einem Gefängnis in der Eifel. Sie kaufte deutsche Zeitungen, obwohl sie wußte, daß jeder internationale Zeitungskiosk Gefahr bedeutete. Sie verschlang die Zeitungen und nahm den ganzen Schrecken in sich auf. Es waren keine Informationen, die sie da las, es war das, dem sie entkommen war. Die Meldungen aus Deutschland hielten sie wach, aber sie hinterließen sie auch in quälender Abhängigkeit. Sie durfte nicht vergessen, was gewesen war. Sie war nicht wirklich frei. Der Boden, den sie täglich betrat, blieb brüchig. Was auch immer sie tat, es war nur Zwischenstation und reichte niemals darüber hinaus.

M. war aus Deutschland nach London gekommen und erkannte sie sofort. Es begann mit einer Freundschaft, die später zur Liebe wurde. Sie war verzaubert von M., wenngleich sie ihr fremd war. Sie wurde ihre Vertraute, in deren kluger Reflexion sie ganz langsam ihren inneren Aufruhr bezähmen konnte. M. beschäftigte sich mit Dingen, von denen sie noch nie gehört hatte. Das Haus, in dem M. lebte, war eine Anlaufstelle für psychisch gestörte Menschen. Es wurde mit den Theorien von David Cooper, Ronald D. Laing und Wilhelm Reich gearbeitet, und sie saßen auf Orgon-Kissen, die mit Metallspänen gefüllt waren. Wenn sie vom Gefängnis erzählte, mußte M. sich vorher die Haare waschen, weil sie dann besser zuhören konnte. Immer fühlte sie sich von wissenden Frauen angezogen. Sie war begierig danach, mit M. über das, was sie erlebt hatte und was sie nicht losließ, zu sprechen, über die Zustände, in denen sie fürchtete, irgendwo zusammenzubrechen, wo man sie entdecken und ausliefern würde. Niemals ging sie irgendwohin, wo sie nicht auch schnell wieder fortgehen konnte. Manchmal saß sie da, unfähig aufzustehen, und hatte Angst, verrückt zu werden. Im Kino sah sie den Film von Wim Wenders, «Der amerikanische Freund». Sie sah die lange Fahrt mit dem Zug durch Deutschland. Da war Landschaft, durch die man sich von einem Ort zum anderen bewegen konnte. Das hatte sie fast vergessen. Deutschland war für sie ein riesiges Gefängnis geworden.

Dann kam der 9. Mai 1976. Sie saßen beim Essen. Besuch, Kinder, Lärm. Das Radio lief. Durch die Stimmen am Tisch hörte sie die Nachricht. Sie stand auf und ging raus in den Garten, auf die Straße. Ulrike Meinhof war tot. Sie hatte sich in ihrer Zelle erhängt.

Sie dachte an die Zeit, als sie sich selber töten wollte. Als sie im «Sunday Times Magazine» ein Foto sah, merkte sie, daß sie es war, die dort abgebildet war, nicht Ulrike Meinhof, wie unter dem Bild stand. Sie versuchte, Ulrike Meinhof in anderen Menschen wiederzufinden, auf der Straße, auf dem Markt. Sie suchte sich Menschen aus, in denen etwas an sie erinnerte. So hielt sie sie am Leben. Sie wußte nichts von den mörderischen Auseinandersetzungen, die die Gruppe untereinander im Gefängnis geführt hatte. Sie wußte nur, was hinter ihr lag und wie sehr sie um ihr Leben gekämpft hatte und daß der Tod dieser Frau Teil des Schicksals war, dem sie entkommen war.

Als einzige Frau nahm sie an einem Kurs teil, den das Arbeitsamt als Umschulung bezahlte. In einer Lernfabrik waren verschiedene Handwerksbetriebe untergebracht, von Metallverarbeitung, Fräserei, Schweißerei, Schlosserei bis Automechanik. Der Kurs dauerte ein halbes Jahr. Dann bekam sie ein Zertifikat. Wieder hielt sie sich häufig in Werkzeugläden auf, wie früher, als sie sich mit Autoschlössern beschäftigt hatte. Unter den Bögen der Londoner Untergrundbahn ging sie von Werkstatt zu Werkstatt und fragte, ob es Arbeit für sie gäbe. Aber niemand stellte eine Frau ein, und sie bewarb sich wieder bei Lesney's, wo sie als Gesellengehilfin eingestellt wurde, fitter's mate. Um acht Uhr morgens fing sie an. Dann ging der Schlosser mit ihr durch die Werkhallen und notierte, was es zu reparieren gab. Ihre Aufgabe war die Wartung und Reparatur von allem, was kaputtging. Die Männer wußten nicht, wie sie mit ihr umgehen sollten. Sie lief in einem Overall herum und wurde als Frau übersehen, während sie ihr gleichzeitig die Autotür aufhielten. Sie war mit dabei, wenn die Männer nach der Arbeit ins Wettbüro gingen oder ins Pub, wo es nachmittags Striptease gab. Wenn sie am Wochenende arbeiteten, trafen sie sich zum Frühstück in der Kantine. Die Männer aßen Eier mit Speck und erzählten sich die

Erlebnisse von Freitag nacht. Dabei gingen sie sich an die Wäsche und griffen sich in die Hosen. Sie war dem besten und anständigsten Schlosser zugeteilt worden. Samstag nachmittag, wenn kaum noch jemand in der Fabrik war, gingen sie als Crew mit ihrem Werkzeug durch die leeren Fabrikhallen. Alles stand still, und sie war wie berauscht. Eines Tages verbot die Frau des Schlossers ihrem Mann, weiter mit ihr zu arbeiten. Der Schlosser zog sich von ihr zurück. Er erfand Gründe, warum er nicht mehr mit ihr arbeiten konnte. Als sie die Toiletten reparieren mußten und sie rausging, wenn die Männer zum Pissen kamen, schrie er sie an, weil sie die Arbeit unterbrach. Gerade war ein Gesetz gegen die Diskriminierung von Frauen am Arbeitsplatz erlassen worden, und die Angelegenheit wurde zum Konfliktfall für die Gewerkschaften. Ein Reporter von der Gewerkschaftszeitung wollte sie interviewen und fotografieren, was sie gerade noch verhindern konnte. Jetzt mußte sie zeigen, daß sie ebenso arbeiten konnte wie die Männer, schleppte zum Beweis schwere Sachen und stieg auf hohe Leitern. Alles endete schließlich damit, daß sie den Fall gewann und der Schlosser kündigte. Weil er ein sehr guter Schlosser war, richtete sich die Stimmung gegen sie. Deutsche wurden entweder mit Hitler oder mit Baader-Meinhof gleichgesetzt. Mal war sie das eine, mal das andere. «Hitler's children» hieß das Buch einer englischen Autorin über deutsche Terroristen, das gerade erschienen war. Ein Foto von ihr war darin abgedruckt. Jeder, der das Bild sah, mußte sie erkennen. Freunde, die inzwischen wußten, wer sie war, gingen in die Läden und stahlen die Bücher.

An dem Morgen, als die Nachricht von der Entführung von Hanns Martin Schleyer durchs Radio gekommen war, fuhr sie auf der Gegenseite einer Schnellstraße, ohne daß sie es merkte. Ich darf um Gottes willen heute nicht fehlen, dachte sie. Die Nachrichten kamen auch in England zu jeder Stunde durchs Radio. In einer

Werkhalle wurde die Sprinkleranlage demontiert, und sie schraubte an der Decke die Rohre ab. Sie war kurz davor zusammenzubrechen und verkroch sich nach der Arbeit auf einem verlassenen jüdischen Friedhof. Sie konnte sich kaum noch über Wasser halten. In den englischen Polizeistationen hingen jetzt deutsche Fahndungsplakate. Der Teil Deutschlands, vor dem sie geflohen war, hatte England erreicht. Alle Augen richteten sich auf das, was sie verbergen mußte. Sie nahm Urlaub und fuhr nach Irland. Als sie zurückkam, kündigte sie bei Lesney's und brach ihre Zelte ab. Sie zog in ein anderes Viertel, wohnte zur Untermiete und holte ihre Reserven an Pässen und Geld hervor.

Dann kam der 18. Oktober 1977. Die Menschen, mit denen sie einmal ihr ganzes Leben verbunden hatte, waren tot. Es war immer das Schwerste für sie gewesen, den Schrecken in sich hineinzulassen, ohne daß er sie selbst tödlich bedrohte. An den Diskussionen, ob es Mord oder Selbstmord gewesen sei, beteiligte sie sich nicht. Der Tod war ihr Schmerz. Wenn sie weiterleben wollte, mußte sie sich von dem Schrecken entfernen.

In einer Autowerkstatt, wo jugendliche Arbeitslose sich auf eine Lehre vorbereiteten, bekam sie eine Stelle als Ausbilderin für Automechanik. Die Jugendlichen besuchten gleichzeitig die Berufsschule und mußten dort eine Prüfung ablegen. Sie lernte sie an, damit sie überhaupt eine Chance hatten, einmal eine Lehrstelle zu bekommen. Zugleich suchte sie nach einer eigenen Zukunft. So wie sie lebte, gab es nur Gegenwart und Vergangenheit. In Form von Zertifikaten und Papieren versuchte sie, die Gegenwart zu festigen und etwas sichtbar zu machen – eine Arbeit und einen Beruf. Aber sie bewegte sich in den untersten beruflichen Regionen. Die Jugendlichen hatten schnell gelernt, was sie konnte, und sie wollte weiter.

Sie wäre gern Ingenieurin geworden. Trotz der Trauer, die sie in sich trug, war dieses letzte Jahr in England für sie ein gutes Jahr. Sie zog wieder in ein Haus, in dem viele Menschen ein und aus gingen, anregende und sehr unterschiedliche Menschen – Theaterleute und Filmemacher, die Leute der Gruppe Big Flame und vor allem Kinder. Sie war die einzige, die acht Stunden am Tag arbeitete, und es faszinierte sie, auch Teil einer ganz anderen Welt zu sein.

Sie verliebte sich wieder. F., eine neue Frau, die sie noch fester an England band. Aber da war auch M., die nach Deutschland zurückkehren wollte. Deutschland, das waren die alten Schauplätze, dort wartete etwas auf sie, dem sie nicht für immer ausweichen konnte. Eines Tages würde es kommen und wie mit einem Beil in ihr Leben schlagen, es würde sie von allem trennen, weil Flucht und Verstekken keine Dauer haben. Ende des Jahres war sie mehr und mehr in ihr Verhältnis zu den beiden Frauen verstrickt.

Sie fuhr nach Schottland, um Klarheit zu gewinnen. Als sie zurückkam, fand sie die Situation in der Autowerkstatt verändert. Ein Jahr hatte sie dort gearbeitet. Jetzt bekam ihre Position Risse. Etwas löste sich auf. Was geschah, war für sie nicht mehr überschaubar. In dem Haus, in dem die Werkstatt untergebracht war, gab es noch andere Projekte, wo unter ähnlichen Bedingungen gearbeitet wurde. Einer, der dort angelernt wurde, war als Soldat in Deutschland stationiert gewesen. Eines Tages sagte er ganz freundlich: «Du bist aus der Baader-Meinhof-Gruppe und hierhergeflohen.» Er sagte das einfach nur so. Er verstand nicht, was er da sagte. Der Satz war eine Warnung. Alle ihre Versuche, ein anderes Leben zu leben, zerschellten an einem einzigen hingesagten Satz. Er läutete das Ende ein. Zur gleichen Zeit war unter den Jugendlichen eine spürbare Nervosität entstanden, weil ihre Prüfung heranrückte und viele wußten, daß sie sie nicht bestehen würden. Sie fielen zurück in das, was sie vorher getan hatten, und stahlen Autos. Die Polizei war mehrmals in die Werkstatt gekommen, während sie in

Schottland gewesen war. Mit Colin, einem schwarzen Jungen, war sie oft auf Schrottplätzen unterwegs, um Ersatzteile abzuschrauben. Sie fuhren die Straße entlang, als ihnen eine Polizeistreife entgegenkam und Colin sagte: «Guck weg, sieh da nicht hin. Die dürfen dein Gesicht nicht sehen.» Es war sein Instinkt. Er wußte immer, wie er sich bewegen mußte, ein schöner Junge, der etwas Animalisches an sich hatte, wenn er durch die ganze Werkstatt tanzte und Kampfsport machte. Als sie ihn einmal vor den anderen zurechtwies, holte er aus, um sie zu schlagen, und ließ den Arm im letzten Augenblick sinken, weil sie eine Frau war. Er war schlau und immer auf irgendeiner Fährte. Sie mochte ihn.

Es war September 1978. Bis dahin war sie noch nie auf der Polizeistation gewesen, wenn es mit den Jugendlichen Vorfälle gegeben hatte, die man mit ihnen dort klären mußte. Aber an diesem Tag ging sie, weil der Kollege, der es sonst tat, nicht da war. Einige Tage später kam die Polizei morgens wieder in die Werkstatt, schaute nur kurz herein und ging wieder. Die Werkstatt war eine weite Halle. Vorn am Eingang befanden sich Arbeitsbänke, wo man mit großen Klemmzangen etwas auseinandernehmen konnte. Im hinteren Teil der Halle standen Autos, an denen herumgeschraubt wurde. Sie stand vor einer der Arbeitsbänke, als gegen Mittag mehrere Männer in Zivil mit schnellem Schritt und zielsicher auf sie zukamen. Sie griffen ihre Arme rechts und links und zogen sie in einen kleinen Abstellraum. Dort wurde sie durchsucht. Dann führten sie sie ab, führten sie durch die Werkstatt, die sie noch einmal sah; aber ihr Blick war bereits ein anderer, war schon fern. Es ging ganz schnell. Sie gehörte schon nicht mehr dazu. Colin stand an seiner Werkbank, stand da wie ein Tier, das zum Sprung ansetzt. Sie ging an ihm vorbei. «Good-bye, Colin, I'm not gonna see you again!»

Zwei Tage blieb sie auf der Polizeistation in Paddington. Sie sagte nichts. Gab weder zu, wer sie war, noch bestritt sie es. Dann kam sie nach Brixton in Untersuchungshaft. Es stand in der Zeitung. Sie war Terroristin und Staatsfeindin. Von Brixton aus wurde sie jede Woche zum Gericht für Emigrationsfälle in der Bow Street gebracht und dem Haftrichter vorgeführt, der die Haft verlängerte. Es ging um Auslieferung. Ihre Ehe nützte ihr nichts mehr. Das Gericht für Emigrationsfälle liegt mitten in der Londoner Innenstadt. Sie wurde in einem gepanzerten Wagen herangefahren. Auf der Straße, auf Hochhäusern, Balkonen und an Fenstern, überall hatten sich Menschen versammelt, die sie anstarrten, während sie stammelte: «I am not a terrorist, I am not a terrorist!»

In Brixton wurde sie in die Kategorie A eingestuft. Das waren die Gefangenen mit höchster Sicherheitsstufe, die ein A auf dem Rükken ihrer Häftlingskleidung tragen mußten. Anfangs war sie mit einer Engländerin zusammen, die etwas mit der Irisch-Republikanischen Armee zu tun hatte. Für sie beide war ein ganzes Stockwerk freigeräumt worden, in dem ständig etwas ein- und umgebaut wurde. Sechs Wärterinnen bewachten zwei Gefangene. Die Zellen standen offen, sie konnten fernsehen, aber sie langweilten sich den ganzen Tag. Dann kam eine junge Palästinenserin, deren Schwester eine Märtyrerin der palästinensischen Befreiungsbewegung war, weil sie eine Bombe in einen israelischen Autobus gelegt und sich selbst mit in die Luft gesprengt hatte. Die Palästinenserin war erst achtzehn Jahre alt und wunderschön. Man hatte sie nach England geschickt, wo sie wegen eines arabisch-palästinensischen Konflikts einen Araber töten sollte. Sie hatte es versucht, aber es war mißlungen. Das Urteil hieß zwölf Jahre. Sie erschien wie ein Kind, obwohl sie verheiratet gewesen und ihr Mann gleich nach der Hochzeit umgekommen war. Sie verehrte Arafat, der wie ein Vater für sie war und in ihrer Familie verkehrt hatte. Manchmal erzählte sie davon, wie er sie als Kind, wenn sie schlief, zugedeckt hatte. Wenn sie Post von zu Hause bekam, waren die Briefe voll von Familienfotos mit Wohnzimmeransichten, wo auf den Sofas die Kalaschnikows lagen. Die Wärterinnen, die sich ebenfalls langweilten, sahen sich die Fotos an und verglichen die Sofas der Palästinenser mit ihren eigenen Wohnzimmergarnituren.

Als bekannt wurde, daß sie verhaftet worden war, hatte sich sofort eine Unterstützungsgruppe gebildet, die ihr jeden Tag Essen ins Gefängnis brachte, das sie mit der Palästinenserin teilte. Kurze Zeit wurde sie in ein Gefängnis nach Mittelengland gebracht. Auch dort war sie inmitten all der anderen Gefangenen völlig isoliert. Trotzdem hatte sie jeden Tag Besuch. Aber nachmittags um fünf, nach dem Essen, nahm man ihr alle Kleider und Bücher weg. Sie stand im Nachthemd da und hatte nichts mehr, und vor ihr die endlose Nacht. Als in London wieder verhandelt wurde, brachte man sie zurück nach Brixton in dasselbe Stockwerk. Unter ihr saßen Männer. Mit einem von ihnen begann sie von Stockwerk zu Stockwerk Schach zu spielen, sie riefen sich die Züge durch die Gitterfenster zu. Die Abteilung der Kategorie A war mit Stacheldraht eingezäunt. Der Hof, in dem sie Freistunde hatte, war von einem weiteren Stacheldraht umgeben. Ein Gefängnis im Gefängnis. Außen herum gingen Wärter mit Schäferhunden. Drinnen sie und die Palästinenserin. Sonst nur Männer, Angehörige der IRA und Schwerverbrecher, deren Wärter sich an ihre Wärterinnen heranmachten.

Aus Deutschland trafen die Anklagen ein. Der englische Anwalt, der sich ihrer Sache angenommen hatte, war anfangs zuversichtlich und sprach ihr Mut zu. Als aber der Zugehörigkeit zu einer kriminellen Vereinigung zwei Mordversuche und schließlich noch zwei Banküberfälle folgten, fragte der Anwalt, was noch alles zu erwarten sei. Er stellte M. an, die sie täglich besuchen konnte. Dann erschien ihr deutscher Anwalt aus dem ersten Prozeß. Er hatte in Deutschland vorgefühlt. Dort wußte man jetzt, daß sie in England untergetaucht war und die Gruppe längst verlassen hatte. Die Mordanklage, hieß es aus Deutschland, sei man bereit, fallenzulassen, wenn sie zugeben würde, geschossen zu haben. Man würde dann nur noch auf bewaffneten Widerstand gegen die Staatsgewalt und versuchte Körperverletzung plädieren. Sie war zwar nicht bereit, sich auf den Handel mit der Staatsanwaltschaft einzulassen, aber es war ein Hinweis auf eine Veränderung in der öffentlichen Stimmung – und die Stimmung war für sie. Sie ging freiwillig nach Deutschland zurück.

Als das Flugzeug ein Jahr nach ihrer Verhaftung im Sommer 1979 in Frankfurt landete, stand Frau G., die Wärterin aus dem Gefängnis Preungesheim, am Flughafen und holte sie ab. Sie stand da wie eine Mutter, die ihr Kind ins Nest holt. Als erstes bestellte sie die Frankfurter Rundschau. M. war schon in Frankfurt. Der Boden war bereitet. Ihre große Chance lag darin, daß das, was man ihr vorwarf, zu einer Zeit geschehen war, die juristisch bereits abgehandelt war. Die ersten großen Prozesse gegen die Rote Armee Fraktion hatten stattgefunden. Sie mußte nicht noch einmal durch die Mühle der ganzen Ermittlungen gehen. Der Staatsanwalt zog noch einmal sein Angebot hervor. Im ersten Prozeß hatte sie mit fünfzehn Jahren gerechnet. Sie dachte auch jetzt nicht, daß sie aus diesem Prozeß frei herauskäme. Erst als sie inmitten von Freunden, die von überall her gekommen waren, im Herbst aus Preungesheim entlassen wurde, ahnte sie, daß es vorbei war.

Sie zog in eine Wohnung, wo auch M. schon wohnte. Die Leute dort lebten so, wie sie es aus England kannte – dicht beieinander, mit vielen Menschen, großen Abendessen, wenig Geld und ständig läutendem Telefon. Sie fühlte sich aufgehoben und geborgen. An den

Verhandlungstagen ging sie zu Fuß ins Gericht. Die Leute auf der Straße, im Café, am Zeitungskiosk sprachen sie an und wünschten ihr Glück. Man wollte sie nicht mehr einsperren, aber man wollte die Anklage aufrechterhalten. Die Anwälte lehnten das Angebot der Staatsanwaltschaft ab. Es stellte sich bald heraus, daß alle, die an der Schießerei im Frankfurter Westend vor fast acht Jahren beteiligt gewesen waren, gelogen hatten. Fünfzig verdeckte bewaffnete und unbewaffnete Fahnder waren am Tatort gewesen. Der Tatbestand wurde gewendet, wie es politisch brauchbar war. Sie selbst war längst zum Spielball geworden. Jetzt mußten die Verfassungsschützer als Zeugen aussagen. Sie erschienen vor Gericht unter Ausschluß der Öffentlichkeit. Die Verhandlung steigerte sich zu nahezu unerträglicher Spannung. Im Saal war es totenstill. Dann sagten beide Verfassungsschützer, sie hätten von ihren Schüssen nichts gesehen und nichts gehört. Damit war alles vorbei. Das, was acht Jahre lang über ihr geschwebt hatte, was sie gejagt hatte, was jeden ihrer Schritte zu einem Balanceakt hatte werden lassen, brach in einer einzigen Sekunde in sich zusammen. Für einen Banküberfall und Urkundenfälschung bekam sie fünfeinhalb Jahre. Den größten Teil hatte sie abgesessen. Der Rest blieb zur Bewährung. Sie war frei. Sie war frei, weil einst eine Gefängnisdirektorin und ein Arzt den Ablauf einer Strafvollzugsmaschinerie angehalten hatten, an der sie zugrunde gegangen wäre. Sie war frei, weil sie von hervorragenden Anwälten und sehr vielen Menschen umgeben war, die sich ihr zugewandt hatten. Sie war frei, weil sie Glück gehabt hatte.

Aber sie war nicht frei von Angst. Die Angst holte sie noch einmal ein. Alle Kräfte hatte sie auf ein Ziel gerichtet. Jetzt, da es erreicht war, versagten sie. Was sie sich in England aufgebaut hatte, hatte sie gestärkt. Doch die Rückkehr in ihre alten Verstrickungen, der Knoten, den sie lösen mußte, nahm ihr den Atem. Sie geriet in einen Zustand, den sie längst überwunden glaubte. In geschlossenen Räumen lief sie umher wie ein Tiger. Sie konnte auf keinen Bahnhof gehen, in kein Flugzeug steigen, und mitten auf der Straße ließ sie das Auto stehen. Sie hielt die Stadt nicht aus, nicht den Verkehr und keine Baugruben. Nicht in Brixton im Gefängnis, nicht in Preungesheim war es ihr so gegangen wie jetzt. Alles war gleich heftig für sie. Worüber sie auch sprach, nach drei Sätzen kam sie ins Stocken, weil sie alles gleichermaßen aufwühlte. Sie spürte keine Unterschiede, keine Gewichtungen. An einer Stelle unter ihrer Brust tat sich ein Loch auf, ein Schlund, aus dem heiß die Angst hochstieg. Da war keine Mitte, und sie mußte sich an sich selbst festhalten, um nicht auseinanderzufallen. Es gab keine Schutzhaut um sie herum. In der ersten Zeit lebte sie wie ein kleines Kind, das Schlafen und Wachen in gleiche Stunden teilt. Sie lebte nur mit der Kraft des Augenblicks. Es gab keine Verläßlichkeit für den nächsten Tag. Halb ruhte sie sich aus, halb ging sie voran – und ganz allmählich wurden die Strecken, die sie zurücklegen konnte, länger und die Zeit des Schlafes kürzer. Noch führte sie eine Auseinandersetzung mit der Schuld, überlebt zu haben. Sie war entkommen. Aber eines Tages würde es sie einholen. So einfach würde sie nicht davonkommen. Es war Todesangst, wenn sie den Kuchen, den ihr eine freundliche Nachbarin anbot, zurückwies. Angst, vergiftet zu werden. Alles zog sie in solchen Augenblicken in die Tiefe, ins Grab. Sie stellte es sich nicht vor, sie erlebte es. Aber dann, nach drei Jahren, kam ein Frühling, und sie merkte, daß ihre Kräfte gewachsen waren und sie wieder aus sich selbst heraus Schritte tun konnte.

Sie ist mit der Geschichte übriggeblieben. Sie bleibt Teil ihres Lebens und wird sie auf diese oder jene Weise immer begleiten, auch wenn die Jahre, die darüber hinweggehen, ihr das Bedrängende nehmen. Es ist nichts Stärkeres an die Stelle getreten, aber es gehört nicht mehr in die Zeit, in der sie lebt. Wenn sie versucht, Antworten zu geben, dann spricht sie für sich – losgelöst von den anderen. Und doch gibt es eine Nähe, die sie, wie verhängnisvoll sie auch gewesen sein mag, nicht von sich weisen kann, eine Nähe, die sie mit denen verband, vor deren Schicksal sie sich retten konnte. Manchmal noch träumt sie. Sie lebt in Sicherheit, und die anderen werden gesucht. Die anderen werden erschossen, und sie kann fliehen. Sie werden vor ihren Augen verhaftet, aber sie läßt man laufen, weil sie sagt: «Ich gehöre nicht mehr dazu.»